キラ星の王子様

熊倉　悟　Satoru Kumakura

たま出版

キラ星の王子様◉目次

キラ星の王子様——

誕生

明治四十五年、紫の内侍は御子桂の君とその妃である園子様と、三歳と一歳のお孫さんを連れて、砂山御用邸にて御休養されました。当時、明治大帝は糖尿病のため、体調思わしくなく、紫の内侍も大帝の御看病のため、大勢の女官に心配りをなされ、内侍御自身も疲れがたまっておられたので、大帝にお願い申し上げて、休養をおとりになったのです。

紫の内侍は、もともとは京都の公郷の家に生まれ、縁あって明治大帝の皇后様のお付きとして、万事を取りしきり、高等女官、なお内侍としての務めを果たされていました。紫の内侍は色白で目元涼しく、また凛《りん》として美しい女性であり、殿方にとっては非常に魅力のある方でありました。残念ながら皇后には御子がなく、江戸の大奥の風習が残る宮中には、側室の存在も必要不可欠のものでした。

明治十二年八月三十一日には、権典侍、柳原愛子様（後の柳原二位の局）は皇子を御出産、明宮嘉仁親王、のちの大正天皇をもうけられました。

紫の内侍も桂の君、つまり後のキラ星の王子様を明治十四年にお産みになられました。御聡明な紫《ムラサキ》の内侍は、大帝に皇子様がお生まれになったため、皇子ではなく、あくまでも御自分の息子として、民間人として生活できるように、桂の君として大帝の御許しを賜わりました。

そして後に大正天皇となられる嘉仁親王は明治三十三年に裕仁親王、つまり後の昭和天皇、明治三十五年秩父宮殿下、高松宮殿下、三笠宮殿下、と、男系皇族が続けてお生まれになり、皇位継承には何のトラブルもなき状態でありました。また、明治二十一年には新皇居が落成、宮城と呼ばれました。紫の内侍は皇居の中に新しく八部屋を与えられ、孫である育子様と過ごされたのでした。

明治天皇の皇后、大正天皇の皇后、昭和天皇の皇后、御三方につかえ、豊多摩郡大久保村に住居地を賜わり、昭和四年に宮仕えを終えられて、悠々自適の生涯を送られ、八十一歳の寿命を全うされました。

紫の内侍の御一家は、砂山御用邸近くの海岸を散歩されるのが唯一の楽しみでありました。特に春は、肌にかすかに感ぜられる潮風、松林を通り過ぎる風の音、点々と緑の林の中を華やかに彩る桜の花、そして海岸の砂浜より望む海のとても大きな景色、沖に横たわる岩、磯にたわむれる白浪、春の海、のたりのたりかなという、ゆったりと眠気をもよおすような、寄せては返す波の音、お孫さんたちは声を立てて喜び、紫の内侍の顔にも笑みが絶えません。

桂の君が最も大好きな海は、まさに西の彼方を黄金色というか、あかね色というか、水平線いっぱいに光を放ちながら彼方に沈んでいく落日の姿です。昔人が皆そのように思った極楽浄土が、はるか西の彼方にあると信ずる程、その景色は素晴らしく、落日の瞬間はひときわ神々しい光を放ちます。ちょうど母の胸に抱かれた幼き頃の温かみと柔らかさのある落日の様《さま》は、この世に生きている幸福感に胸が満たされる至福のひと時でありました。

心持ちよい散歩の後は、お腹もひもじく感じ、今宵の食膳が頭をよぎり、足どりも軽く、唄を口ずさみたいような気分でお戻りになります。お座敷には山海の珍味が並べられ、内侍様は御酒を好まれたので、桂の君もついつい盃を重ねて何ともいえぬ快い気持ちになり、お子たちのかわいいしぐさをあかず眺め、幸福の一刻が静かに過ぎて、ことのほか御機嫌であらせられ、春の宵はまたたく間に過ぎ、お子たちを先頭に皆は御寝所のほうへと行かれました。桂の君は八畳の日本間の御寝所にて、昼間の海遊びや、つかの間のたわむれに満足され、早々に夢路につかれたのです。

ここに事件は起こりました。

草木も眠る丑三つどき、四~五人の人影が御用邸の庭にあらわれ、いずれも忍者風の身のこなしも軽々と、音も立てずに開けた廊下の板戸の間から、屋敷の中に吸いこまれるように消えていきました。彼らは桂の君の御寝所にやすやすと忍びこんだのです。すでに桂の君はぐっすりと眠っており、何事が起きても気づくことはないと思われました。一人の忍者が寝床に沿って忍びより、眠っておいでの桂の君を抱き起こし、もう一人の忍者が腕を桂の君の首に回して、グイッと一気にしめあげ、一人は口を手でしっかりと息ができないように押さえました。

桂の君は一瞬目覚められましたが、何が起きて何をされているのか分かりません。とにかく息ができないので苦しいという感覚はあるのですが、頭がボーッとして、何かしら真っ暗な穴につき落とされたような気分になりました。魂がその瞬間、肉体を抜けて、一気に天に向かって飛び去っていく感じでした。

……ふと目覚めると、柔らかい芝生のような草原にふわっと降り立ったような感覚で、身体が非常に軽々とした感じになり、目が覚めました。

見上げると、はるか彼方に高千穂の峰々がそびえ、高い山が連なり、その峰々の上は黄金色に包まれ、天照大御神の御姿と御座所は、神々しい寂光の中にあり、その傍らには八百萬の神々が、キラ星の王子様をお出迎え申し上げていました。その横には御料馬車が待っています。目の前には、山から光り輝く神々しい光を反射して、金波銀波に輝く広い広い大河の流れがあり、人々が次から次へとその河を渡る様が見られました。これが俗にいう三途の川ではないでしょうか。

「どうぞこの御車にお乗りください」

と従者は頭をたれました。

そして車に乗りこむやいなや、天空にお待ちしておいでの大神様のもとへ、軽々と飛び去っていったのでした。


ところで、王子様はなぜ砂山御用邸で謀殺されたのでしょうか。

明治末年は、大帝も身体の不調を訴えて病床に伏せられておられました。もちろん、御世継ぎ問題も話し合われ、皇太子・明宮嘉仁親王（大正天皇）が次の天皇になられることになっていました。

しかし、明治政府のほとんどの高官は薩長の人々により占められていましたので、それに一矢を報いんとする旧徳川家に恩顧《おんこ》のある元大名《もと》など、反薩長の勢力が王子様を擁立《ようりつ》して次代の天皇にしたいというような動きがあったのかもしれません。そして、それを察した薩長側が事前に行動を起こしたのかもしれません。

しかし、あくまでも真相は闇の中に閉ざされ、今も不明です。

●天国

私たちはよく宗教の如何を問わず「天に召された」という言葉を死者に対して用いる。確かに魂は天に昇る。その先はどのようになっているかは、あくまでも想像の世界だ。

一昔前のことだが、米国の医師が調査した資料の中で、人が息を引きとった直後、すぐに体重を測定すると、約二十グラムほど生前より軽くなっていることが分かった。その医師は、それが人間の魂であると確信したようだ。私も彼の言葉を信じたい。

では、あの世には果たして極楽や地獄が存在するのであろうか。また、イエス・キリストのような復活はありうるのであろうか。極楽・地獄があるとして、死んでどちらへいくのかを誰が判定を下すのであろうか。閻魔《エンマ》大王が地獄・極楽への判定を下すと、日本の物語や仏教の教え等では説いているが、これは本当であろうか。

●心の旅路

キラ星の王子様は、こののち天国にて楽しい日々を過ごされることになるのだが、その物語を始める前に、私自身の心の旅路のことを少しばかり述べてみたい。

私には忘れえない日がある。昭和五十年代のどの年であったかは定かではないが、月日だけははっきりと覚えている。その日は二月二十二日であった。

朝の五時頃のこと、私はうつらうつら夢を見ていた。その時突然、私の肩を激しくゆする者の気配がした。しかし私は目を覚ますこともなく、夢を見つづけていた。寂光が突然夢枕に現れ、「お前の神仏に対する考えは皆正しい」という厳かな声で私は目を覚ました。肩をゆすられていたことをはっきりと自分の身体に感じていたが、目を覚ましてみて見回すとそこには誰もいなかった。金縛りでもなく、私にとってはとても摩訶不思議な現象であった。私は奇人変人か。母に言わせれば、私は小さい頃から育てにくい子どもであったとか。

私が最初に無意識に神様の存在を体感したのは、ちょうど小学校に入る前の、二月の寒い頃であった。麻疹《ハシカ》にかかり、連日の高熱で意識がもうろうとしていた。あまりにも苦しいので、布団の上に坐り、神棚に向かって手を合わせ、「お助けください」と心の中で叫んで必死に祈りを捧げた。するとと不思議なことに、翌朝熱は平熱に戻り、あれほど苦しかったはずの身体が嘘のように楽になった。自分はもちろんのこと、母もこの光景をよく覚えており、「よく神様を拝んだね」と笑っていた。

小学校二年生の夏休み、父の実家に行き、水遊びに夢中になった。毎年、鮎が遡上《そじょう》してくるような大きな川で、水もきれいで冷たかった。私たちの行く遊び場はけっこう水深もあり、泳ぎのできる子どもたちはその中ですいすいと泳ぎを楽しんでいた。私のように泳げない者は浅瀬で足をばたばたさせたり、少し水に頭をつけたりして遊んでいた。

私は顔を水面につけて、浅瀬を足でけって身体を浮かせる練習をしていた。しかし、どう間違ったのか、足をけって水面に浮かんだはいいが、頭を上げて息つぎをしようと足を川底につけようとしたときに、いつの間にか深みにはまっていたらしく、足がつかない。息つぎもままならず、一瞬、溺れる！　と夢中になって手足を動かしたが、呼吸もできない。息苦しさは増すばかりだ。

その瞬間、私の手が蛇腹《じゃばら》という太い針金の網に手をかけていた。蛇腹というのは、中に大きな石をつめて土手に置き、洪水を防ぐ一つの方法である。その太い針金に手がふれると、夢中になって水面に顔を出すことができた。神仏はこの時も私を導いてくださったのである。

細かく例をあげればそのような出来事が数多くあり、私は何か目に見えない力によって自分が守られているような気がして、学校から家に帰る途中、城址公園に足をとめ、月見櫓《やぐら》のあった広場で四方八方に手を合わせて、神仏に感謝の祈りを捧げた思い出がある。そして、「人生とは」とか「死んだらどこへいくのか」というようなことも考える小学生になっていた。小学校の先生が、「人は亡くなっても、その人のことを思い出すことによって、その人は生きているんだよ」と言われたことを、はっきり覚えている。

しかし、人によってはそのような難しい考えもなく、ひたすら遊び、その日の勉強を終えると夢中で家をとび出し、夕飯時にあわてて家に帰ってくる。時折、宿題を忘れて叱られたり、平凡そのものの日常を過ごし、深刻に物事を考えたりするのは十代半ば過ぎのことであり、子ども心に種々ものを考えるなどということはあまりなかったようだ。

また、私は変人なのか、たまたま父が購入してくれた児童文学全集が書棚にあったので、その全集を暇さえあれば読んでいた。全世界の物語に没頭し、夢想にふけったり、空想の世界をさまよったりしていた。もともと本を読むことが好きだった私は、この時間が何よりも大切だった。そして、父が買っておいてくれた蓄音機をかけ、タイスの瞑想曲をしんみりと聴いた。当時の私の心に何かしら入り込むようなメロディーであった。

私がこの曲を聴いて思い出す当時のことは、五年後はどんな思いでこの曲を聞いているであろうか、十年後は？　というように、未来のある一定の時に私の人生はどこにいて、その時の気持ちはどうであろうか、ということだった。そのことを想像するだけで、胸の中に熱い思いと寂しさがかけ回り、一人静かに曲を聴きながら涙を流した。

振り返ってみると、われわれの世代は激動の時代であり、今にして思えば私はその都度、大神様の御導きにより生かされてきたような気がする。

私は大正十三年十二月二十一日、寒さ厳しい満州の地で生まれた。父は大正年代、満鉄に入社して、主として中国人の教員養成学校の責任者となった。出身は新潟で、当時の師範学校を卒業して、二十六歳で小学校の校長となった。嘘のような本当の話で、現に私の義兄が私の父に小学校六年生の時に習ったと話してくれた。当時、父は海外雄飛の話を熱っぽく生徒に話をしていたとか、義兄は種々思い出して話してくれた。自分の望みがかなって、満鉄で教育関係の仕事に就き、海城にある東郷学会という教員養成所の責任者となって大いに力を発揮していた。

やがて満州事変が昭和六年に勃発して、家族は父を残して全員、郷里に引き揚げることになった。そのとき、私はのちに再び海軍予備学生として旅順の地を踏むことは予想もできなかった。

真珠湾攻撃により大東亜戦争は始まったが、私はその時、中学五年生であった。これからどうなるのだろうという緊張感は、今でも鮮明に覚えている。私は父の気持ちが何となく通じるのか、南方雄飛の夢を見ていた。その後、私は外語大に入り、マレー語をウマルヤーディ教授から習得することになった。

大東亜戦争も最初は元気よく、あっという間に東南アジアを占領して、更なる攻撃をインドやオーストラリアにふりむけようとしていたが、次第に戦況は思わしくなくなった。海軍もしかり、ミッドウェー海戦において、日本は正常の海軍力を立ち直らせることのできないほどの損害をこうむった。海軍も初級指揮官が足りなくなり、大学、専門学校生を対象に海軍予備学生という、海軍初級士官の教育隊を設立して生徒を募集した。一説によると、優秀な生徒がかなり集まり、十倍の競争率であったといわれている。

●海軍への道と大御神の加護

昭和十八年の秋には学徒出陣の壮行会が行われ、文系の学生にも徴兵猶予の特典が取り消され、軍隊に召集されて戦場に赴くことになった。

私は昭和十九年九月に山口県の大竹海兵団に入隊、海軍予備学生として、日露戦争の戦跡残る旅順の旅順海軍予備学生教育隊にいくことになった。少し遅れて海兵団にいったので、私と同じように遅れた者十名前後で旅順に向け出発することになった。

たとえ学生服を着ていても、準士官並みの待遇で、旅順までの旅費も充分にあった。世知辛い世の中というか、戦争のため内地は物資が欠乏してどこへ行ってもないないづくしの御時世であったので、たとえ握り飯とタクアンでも、われわれにとっては久しぶりの大ごちそうであった。

博多に列車で着き、いよいよ明日は連絡船で釜山を目指して出港することになり、海軍士官の泊まる水交社に一晩御厄介になった。驚いたことに、サービスをしてくれた女中さんたちは皆、身なりは女中でも海軍に徴用された博多の芸者さんたちであり、彼女らも学生服姿の将来の海軍士官が珍しいのか、随分サービスがよく、日本酒も出されて、いささかよい気持ちになった。私は今でもその夜のことが忘れることができない。

翌日、博多湾から連絡船で釜山を目指して出港した。その時の印象は、多くの一見農家出身の方々と思われるお年を召した方が目についたことである。おそらく、満蒙《マンモウ》開拓団の息子夫婦に呼び寄せられた小作農の方々と思われる。しかし、誰も彼らの運命が一年くらいでガラリと変わり、地獄へつき落とされることになるのを知らない。

内地では物資が欠乏しているのに、列車に乗ってみて初めて朝鮮半島や満州国のほうがはるかに物資が豊富であることを知った。列車内で種々な食べ物が出され、精神的にほっとした気分であった。

奉天では大和ホテルに一泊、昼間は市内を散策してロシア料理店に入り、ボルシチをはじめいろいろなロシア料理を楽しんだ。誰もがこのようなのんびりした気分は、おそらく二度と味わえないと思って、心の中で素晴らしさを感じ、楽しい一日だったとかみしめ合っていたに違いない。

午後、アジア号に乗り一路旅順を目指し、夕方には旅順に着き、白亜の殿堂のような旅順海軍予備学生教育隊にたどりついた。兵舎も、かつてのロシア軍隊が建造したものであると聞かされた。白塗りの建物はレンガと石灰で隙間なく固められ、窓は二重に装われて外気を遮り、冬などは寒さを防ぎ、ペチカ等の設備があれば、室内はまるで小春日和の気持ちよい温かさであろうと想像された。

われわれはその夜、久しぶりにゆったりとして風呂に入り旅の疲れをいやし、下士官に案内されて被服倉庫にいき、早速、海軍士官服の第一種軍装一式や下着類、作業衣等を受領して、学生服や下着類に一まとめにして後に自宅に送る手続きをした。

この夜から六カ月間、海軍士官としての厳しい教育、訓練が行われることになった。そのことについてはすでに故人になられた海軍中尉で、戦後、作家として活躍された島尾敏雄君が『魚雷艇学生』という本の中で詳しく述べておられるので、読まれると当時の様子がより鮮明に浮かぶことと思われる。

●王道楽土

話の途中でちょっと脇道にそれるような話題で申し訳ないが、私も満州事変勃発後、父を除き一家は内地に引き揚げてきた身なので、まさかもう一度満州の地を踏むとは予想だもせず、学生時代は南方雄飛を目指して、マレー語の習得に頑張っていた。

私が生まれたのは公主嶺の堀町三丁目十三番地で、厳冬の大正十三年十二月二十一日だった。家は白系ロシア人の貴族の館と母から聞いている。

白系ロシア人とは、ロシアにおいて共産党改革があり、貴族階級はロシア本土から追い払われ、辛うじて満州に逃げ込んできた人々であった。おそらく、満州を経由して上海等から船でアメリカに移民した人々も多数あったと思われる。

私には公主嶺の記憶は一つもない。私が今でもはっきりと記憶にとどめているのは、海城に生活を移してからのことで、海城はとても治安状態もよく、満鉄社員住宅は独立守備隊という、満鉄沿線を警護する部隊が常駐して、周辺部一帯の警護にあたっていた。しかし、奥地に入ると匪賊《ヒゾク》が存在し、その地帯ににらみをきかせており、よく馬占山や張学良という名前を耳にした。住宅は今でいう文化住宅で、上下水道も完備しており、冬の寒さに備える石炭貯蔵庫もあり、厳冬でも家中が温かくなるペチカも設置されて、住み心地はとても良かった。

私が自分のことをはっきりと覚えているのは、父が海城に転勤し私が一歳前後の赤ん坊の頃の出来事である。住宅地には戸別の風呂はなく、公共の温泉のような浴場が完備されていた。私は母に抱かれて風呂につかり、洗い場で頭を洗ってもらうので、母の膝と腕に抱かれて天井を見ていた。風呂場は湯気がもうもうと立ちこめて、天井から吊るされた電燈の光が、霞の中から光っているというぼうっとした光景が、今にして思えばちょうど聖母マリアに抱かれたイエス・キリストの幼子のようであり、楽しくも清らかな気持ちになっていた。私は父母にとてもかわいがられて育った。当時の生活は「五族協和・王道楽土」の地でのびのびと毎日を過ごしたのである。

冬になると、「栗ぬくいぬくい」という呼び声で中国人の行商人があったかい天津《テンシン》栗を売って歩いたり、「豚マンジュウ豚マンジュウ」という呼び声であったかな肉マンを売ったりしていた。母は、そうした呼び声が聞こえると、いそいそと外に出ていって買ってくれた。それらはほっぺたが落ちる程おいしく感じられた。日曜日になると父は、家族を連れて馬車に乗り、城内（中国人の住んでいる城壁に囲まれた街）の中国料理店に連れていってくれた。中国料理店の特徴は次から次へと料理が出され、段々終わりに近づくにつれて料理がおいしくなることである。最初はカボチャやスイカの種といったものが出され、ポリポリとそれを食べた。

春節（日本の正月）になると、街は何となくにぎにぎしくなり、春節の三カ日間は、高足踊りという一米程の二本の棒の上に下駄を固定して、それをはいてのっしのっしと歩いてきたり、お面をかぶったお化けや中国風の歌舞伎役者の美女がしなやかに踊り、蛇の踊り等々、幼児の目から見るととてつもなくこわいような、びっくりする楽しさも加わった。今ではなつかしい思い出の一つになっている。

夏休みになると、湯岳城という温泉地にも連れていってもらった。川の中が温泉そのもので、川辺の砂地を手で掘ると中から温かい湯が湧き出てくる。終日、川に入ったり砂地に穴を掘ったりして遊んだ。満州国がそのまま続いていたなら、元清国最後の皇帝であった溥儀氏を満州国の皇帝として敬慕して、五族協和・王道楽土の国が実現したのではないかと、幼児の頃の心情として、今でもふっと思う時がある。

しかし、時は移り十五年後に再び満州の地を踏み、車窓から眺めた景色はあまりにも異なっていた。海城の駅を通過、海城川の鉄橋、駅前の赤レンガの倉庫などなど、幼い時の目に感じたものとは大いに印象の違いを感じた。可能なら一時間でもいい、この地を散策して、昔のなつかしい場所に立って感傷の涙を流したい気持ちでいっぱいだったが、汽笛一声、列車はあっという間に出発、一路旅順を目指した。

のちに、旅順海軍特別根拠地隊や予備学生教育隊に残留していた海軍軍人は、八月九日、ソビエト・ロシアの侵攻により、八月十五日、旅順において降伏式を行い、すべての軍人軍属はいったん元独立守備隊跡に収容されたが、やがてシベリア抑留という厳しい運命が待ちうけていた。

●誰も話さない旅順の話

(一) 東港と西港

旅順の港は、軍港である東港と漁港である西港と分かれていた。西港の広さは大体東港の十倍以上の広さがあり、その沿岸は旅順工業大学をはじめとする学園都市で、街自体も広く清潔であった。西港では漁業が盛んで、そのせいか、われわれ予備学生の食膳には、いつもおいしい魚介類が出されて、魚の好きな私はとても満足していた。それに比べ、東港はとても狭く、大艦隊が集結するような広さではなかったが、日露戦争当時の軍艦では十隻位の巡洋艦級の停泊には差し支えない広さであり、水深も二、三十メートルはあった。

（二）二〇三高地と乃木大将

二百三高地を陥れるのは、当時としては非常に困難で犠牲者も多かった。乃木大将の息子さん二人も旅順攻略の犠牲となられて戦死された。どうして犠牲者が多かったのだろう。現地を視察してみると一目瞭然であるが、堅固な山頂の要害の前には深い壕が掘られていた。攻撃する者にとってはその壕が見えない。あえて壕を飛び越えようとすると壕に落下する。それを目がけて敵は機関銃を発射するので、壕内には屍の山が築かれた。また、当時は日本軍には機関銃というものがなかった。

加えて、敵もしぶとく戦った。勝負を決めたのは、日本から運んできた四十三センチ口径の要塞砲が据えつけられ、山上に向かって火を噴いたことによって敵の要塞を爆破、辛うじて山上を制圧し、それによって旅順東港に停泊中の軍艦も、山上より直接砲撃することができて、旅順に布陣していたロシア軍も降伏した。

乃木大将は敵の将軍ステッセルと郊外の廃屋にて会見し、相互の勇敢さをたたえた。そしてステッセルから白馬が贈られた。やがて軍は再編され、ロシアとの最後の戦いである奉天大会戦が大将の指揮の下に出陣、敵を撃破して大勝利をおさめ、これによりロシアは全面降伏をしている。

乃木大将の偉いところは、最後まで武人を貫いたところにある。彼は西南の役で天皇親授の軍旗を奪われたため、彼の心には一生それがついてまわった。彼は、葬礼に参列のため英国王の名代として来日したコンノート殿下の接待役を務め、その大任を果たし明治四十五年九月十三日明治大帝の柩が午後八時、号砲とともに宮城を出て、青山葬祭所の方へ向かわれた。その号砲を聞き、彼の妻・静子は、自宅において自殺した。乃木大将が六十四歳、妻五十四歳であった。私たちの年代、しかも軍人になり旅順にもいた者にとって、彼の胸中を察すると自然に涙があふれてくる。

乃木大将の辞世

うつし世に神さりましし大君の
　みあとしたいて　我はゆくなり
夫人静子の辞世
出でましてかえります日のなしときく
　けふの御幸《みゆき》に逢うぞかなしき

（三）旅順港外

海軍の訓練は、短艇と陸戦の課業が交互にうずめられる強行訓練であった。

短艇の訓練は非常に厳しかった。まず、櫂《カイ》が非常に重く、一貫四百匁（約六キロ）の重さがあり、短艇の上にある板に腰掛けて皆が一斉に漕がねばならなかった。指揮者が一名、漕ぎ手が十二名、左右六名ずつ板に腰掛けて漕ぐ。緊張の連続で一人でも気を抜いて漕ぐと調子が狂い、六名の櫂が一斉に流れ、バラバラになり漕げなくなる。

気を抜くこともできず、その反動が尻にきて、尻の皮がむけてしまう。しかも最後には「櫂立て！」と言って、ちょうど上官にあったら敬礼するように、一斉に櫂を真っすぐに立てる。これがなかなか力のいる仕事で大変であった。

カッターの訓練も回数を重ね要領をのみこみ、まあまあ私たちがコツをマスターした頃、東港より港口を出て外海に出る訓練が課せられた。私たちは順調に進みはじめたが、港口を眺めてびっくりした。実に狭い。両岸は岩であり、岩にはさまれた所に隙間があるという感じで、「目測で四十～五十メートル」の幅しかなかった。巨大な軍艦が一隻かろうじて通れる広さであった。

ここに日本海軍は目をつけた。かの広瀬中佐の唄でもうたわれたように、船を港口に沈めて、旅順港を封鎖する作戦がとられたのも納得という感ではあったが、結果は不成功に終わったようだ。この古戦場に短艇がさしかかると、外洋の波は大きく、櫂は水面につかず宙を舞うありさまで、私は遭難事故が起きるのではないかと一瞬思った。急ぎ港内に避難するよう命令が出て、必死の思いで短艇を漕ぎ、冷や汗をびっしょりかいて港内にすべり込んだ。

荒れ狂う港外と、おだやかな港内の波の差を、しみじみと感じているあいだにも、旅順閉塞隊の船が沈み、砲弾が激しく撃ちこまれ、船は沈み出す。船は波間に沈んでいくが、肝心の杉野兵曹長の姿が見えない。船内くまなく捜し、大声で「杉野はいずこ、杉野はいずや」と広瀬中佐は叫んだ。応答はなく、中佐も杉野兵曹長も海の藻屑として消え失せた。

しかし、運命とは皮肉なもので、ここ旅順に杉野はいた。しかも旅順海軍予備学生教育隊長として、杉野兵曹長の長男杉野大佐は存在していた。私は、直接杉野大佐より特攻隊員として沖縄作戦に従軍すべき命課を受けた。昭和二十年七月十八日、旅順より任地である長崎県川棚基地にて、水上特攻（震洋《しんよう》攻撃隊）初級指揮官として、特殊魚雷艇に乗る予定であった。

私の運命は、この一カ月で目まぐるしく変化をした。七月二十八日午前一時、釜山港より山口県仙崎を目指して出発、出港後四十分にて敵の魚雷が私の乗艦に命中、私たちは皆、海に投げ出された。幸い、直ちに護衛艦の海防艦に救出され仙崎へ向かった。

仙崎へ近づくにつれ、懐かしい祖国の山が目にとびこんできた。山々の木々の青さが、満州や朝鮮では見られないみずみずしさを表わして迎えてくれた。仙崎から長崎の川棚基地へ向かう途中、基地より連絡が入った。基地は敵機の爆撃により破壊されたため、至急横須賀基地に向かうようにとの指示だった。下関で列車を乗り換え、横須賀に向かった。

途中、敵機の爆撃により痛々しい町々の姿が瀬戸内海沿岸で見られ、列車も敵機の機銃掃射にあった。列車は幾度となく停車をくり返し、ようやく神戸にさしかかるが、車窓より見える港の景色は悲惨なものであり、幾隻もの貨物船が港内に沈んで舳先《へさき》を海上に首を持ち上げるように出していた。鉄道は高架になっていたので街全体を見渡すことができたが、こちらもほとんど焼土化され、見るも無残な有り様であった。

かろうじて列車は京都に着いた。広島に新型爆弾が投下され、甚大な損害をこうむり、永久的に草木も生えないのではないか、という恐ろしい報道に接した。私は、列車が八月四日の朝広島を通過するとき、「ああ、ここは昔大本営があった所だ」と、忙しく立ち回る町の人々の姿を追いかけるように眺めていたことを思い浮かべた。

京都は、幸いにも少しも攻撃されることはなかった。これは、アメリカの学者たちの進言で、京都と奈良は昔の都であるので、破壊しないようにという申し入れがあり、無事に種々の文化のもとが残ったことは日本としてありがたいことと思わなくてはならない。

当時、外地としてみていた満州、朝鮮半島等は一度も敵機の来襲はなく、旅順上空を二〜三回敵の偵察機が飛んだくらいで、朝鮮半島でも一度敵機が来襲したが、新型防空駆逐艦、春月の砲火の一斉射撃を受け、二度と来襲してこなかった。敗戦色も濃い戦争末期であるにも関らず、人々の生活は割に豊かであり、内地に比べると雲泥の差であった。

満州では、当時精鋭を誇った関東軍がソ満国境に配置されていた。旅順では、四月に大和ホテルの庭園で花見をする程ゆったりとして、戦争の厳しさを遠く感ずる、という雰囲気であった。しかし、戦争の厳しさが追々迫り、ソ満国境の警備にあたっていた関東軍も南方に転進、国境はもぬけの殻《カラ》という状態になった。八月九日のソ連進攻もあっという間に行われ、満州国は阿鼻叫喚の中で消え失せ、在留邦人はまさに地獄の苦しみを味わった。

私は京都から再び列車に乗り、敗戦色の濃い日本を南から北へと北上、もちろん、東京も三月十日の大空襲により見渡す限りの焼け野原と化し、私自身、心中おだやかならず、ようやく横須賀基地に到着した。敵のノルマンディー作戦のような上陸作戦が相模湾で行われる可能性が高いということで命課が下り、急遽《きゅうきょ》、茅ヶ崎にある陸戦隊指揮所に配属されることになった。

松林の中に南湖院という結核療養施設が海岸沿いにあり、昭和二十年二月に上陸作戦にそなえて海軍に引き渡されていた。しかし、敵の上陸を阻止するにはあまりにもお粗末なところで、武器らしい武器は一つもない。口に出すことはなかったが、日本もこれでおしまいかと、美しい海を眺めながら、ふと淋しさを感じたのは私だけでなかったと思う。

忘れもしない昭和二十年八月十五日、私たちは総員集合をかけられ、ラジオの前で天皇陛下のポツダム宣言受諾のお言葉を聞き、無念さで自然に涙が流れ、周囲の者も同じ思いで涙を流していた。夜になると、無念の余り軍刀を抜いて、海岸に生えている松の木の枝をバッサバッサと切りまくる者も出た。しかし四、五日経つと心も落ち着き、よし、この荒廃した日本の復興のために頑張るぞという気概がわいてきた。

しかし、茅ヶ崎の目の前にある厚木海軍航空基地では、うるさい程、戦闘機が何十機も空に舞い上がり、徹底抗戦のビラを上空から散布していた。聞くところによると、血気にはやる青年将校が立ち上がったとのことであった。しかし、鎮撫のために高松宮殿下が厚木基地に来られ、軽挙妄動を慎むようにおっしゃった。一カ月後、マッカーサー元帥が厚木基地に日本上陸の第一歩を踏み出したが、何も問題は起きなかった。

高松宮殿下といえば、海兵出身の海軍将校であり、昭和六十年十一月二十二日、帝国ホテルにおいて、オールネービー全国大会が開催された。海上自衛隊東京音楽隊の演奏で軍艦旗掲揚を行い、国歌斉唱と続いて、高松宮宣仁親王殿下よりお話を賜ったが、その凛としたお言葉にさすが海軍魂があると深く感じ、私も自ずと背筋がぴんとのびた。

海軍で一番早く予備学生を募集したのは、海軍経理学校であり、主計課の士官が極端に少なかったので、短期現役主計科予備学生が手はじめであった。

祝辞を述べられた、当時の内閣総理大臣・中曽根康弘氏は、短期主計科六期の学生であり、戦争中は巡洋艦の主計長であり、確か海軍少佐であったと思われる。

陸戦隊指揮所にもアメリカ軍が上陸したら、特攻隊出身者は皆捕らえられて去勢されるというような風評があり、特攻隊員は急遽荷物をまとめて復員せよとのことで、九月初旬、私は上野駅から郷里に向かった。その日の朝、茅ヶ崎海岸も見納めかと出発前に散策をしていたら、沖合に幾十隻もの軍艦が、洋上はるか群をなして東京方面に向けて進んでいるではないか。やはり、彼らの上陸作戦もまんざら嘘ではなかったと確信した。

「ただ今帰りました」と玄関の引戸を開けると、うれしさ、なつかしさ、生きていた感情が高まり、大声で叫んだ。奥からばたばたという足音がして父母が迎えてくれた。彼らの表情は一瞬こわばった。父母は、てっきり私が旅順にいるものだと思って、自分たちの目を疑ったようであった。そして、ニッコリと笑顔で、「お帰り、よく無事で帰ってこられたね」と言った。

さらに私が驚いたことは、同じ海軍予備学生として私より一足先に採用され、館山海軍砲術学校で訓練を受け、任地である舞鶴で空山砲台付の指揮官となり、終戦まで同じ部所にて忙しく軍務に励んでいた兄が復員していたことである。ちなみに兄は、三期予備学生で、当時海軍中尉であった。その兄が、どういうことか私より先に復員していたのである。

時間的余裕もあったので、一応二人で第一種軍装に身をかため、九月下旬、私のたっての望みで、空山砲台に見学に行くことになった。

舞鶴軍港は緑深い山々にかこまれ、港を抱くようにした波静かな所であった。未だ正式に米軍が接収に来ないので、一応少数の軍港維持部隊が残存し、海兵団の敷地の中では、水兵の行進に出くわした。彼らは兄と私に対して海軍式の敬礼を行い、私も久しぶりで海軍式挙手にて答礼した。海兵団の居住区をぬけ、空山砲台の山路を登っていった。砲台は約六百メートル位の山の頂上に設営され、当時としては最新式の電動の高射砲三基、手動式高射砲三基、高角砲数台が設置されていた。兄の説明によると、敵機襲来は五〜六回あったそうで、空山砲台と同じような規模の砲台が数カ所あり、各砲台より一斉に電動高射砲の砲火を浴び、敵機も一目散にその姿を消したとのことであった。

したがって、舞鶴軍港およびその周辺部は戦禍をまぬかれることができた。

兄は、戦時下の海軍軍人とはいえ、非常に恵まれた場所で約二年半の歳月を過ごした。副食のおかずが足りないときは、兵に命じて海岸で魚釣りをしてもらって、おかずの調達をはかったこともあったと、のんびりした話をした。そして、奇縁というか運がよかったというか、彼が砲台付になって着任した時の砲台長鈴木大尉は、何とわれわれの遠い親戚であり、母方の農家の出身で海軍に志願して入った水兵からの叩きあげの特務大尉であった。兄が着任した時は、他にも三名の砲術学校出身の同期も砲台付として着任した。

昭和十九年、戦況も著しく悪化し、各地で玉砕のニュースが伝えられるようになった。

他の三名は最も危険度の高い沖縄へ行くことになり、兄だけが砲台に残ることになった。頭の中で、一瞬、砲台長が親戚だったからではないかという考えがよぎった。確かに乗艦した軍艦が敵の潜水艦にやられ、三人とも水漬く屍となってしまわれた。その中の二人は慶応大学出身者であり、優秀な人材をここでも失っていた。もちろん、当時は沖縄の学童疎開の児童を乗せていた対馬丸も沈められて、二千名近くの学童が亡くなった悲劇もあって、沖縄周辺部はとても危険な海域となっていた。また、砲台長鈴木大尉も転属になって、巡洋艦勤務となって間もなく、撃沈され戦死された。兄だけが砲台長として終戦の日まで空山砲台に残った。

私も久しぶりに海軍軍人に戻り、下山すると、昼食は士官食堂で海の幸いっぱいの御馳走を食べ、夜は水交社に泊まり、酒杯をくみかわし、戦時中の思い出をいろいろと話し合った。兄はそのまま上官から頼まれて居残り、厚生省の役人として復員業務にあたり、忙しく立ち回ることになった。

「スマートで目先がきいて几帳面　負けじ魂　これぞ船乗り」
「すべての行動は五分前の精神」
「いかなる場合も出船の精神を守れ」

これが初級士官に常にたたきこまれた海軍魂であった。夕食後七時より八時までは座学の時間であり、五省を唱えて一日の行動を反省する。

一、至誠に悖るなかりしか
一、言行に恥づるなかりしか
一、気力に欠くるなかりしか
一、努力に憾《ウラ》みなかりしか
一、不精に亘るなかりしか

元来、海軍軍人の訓練の基礎には、英国海軍のジェントルマンシップが流れている。私が一番驚いたことは、英語は敵性語であるということで、一般社会や学校では英語の授業もなく、陸軍では英語は一切つかわれていなかったが、海軍では、ブルーム、チェスト、ネット、ハンモック等々、多くの英語が使われていた。したがって、海軍軍人は海外に目を向けることも多く、頭の中も柔軟な発想を持ち、どちらかというと平和論者が多かった。

その第一人者は連合艦隊司令長官となった山本五十六元帥である。大使館付武官としてアメリカに渡米、各地を視察してまわり、その強大な軍事力と巨大な軍需産業の隆盛の姿をみて、アメリカとは絶対に戦争してはならない、いろいろなもめ事も必ず話し合いで解決すべきであるとの信念を持っておられた。ＡＢＣＤ（アメリカ、英国、中国、オランダ）包囲ラインを突破し、石油を日本には輸出しないという施策をぶち破るためには、戦争もやむなし、という陸軍側の強引なごり押しにやられ、海軍も仕方なく開戦に賛同し、一か八かの真珠湾攻撃によって日米開戦の火ぶたが切られた。山本元帥の胸中を察すると、本当に残念でたまらない。

私たちの隊長であった杉野大佐は、敗戦間もない頃、旅順より横須賀に来られ、最後の戦艦長門の艦長となられ、敗戦となるや直ちに船首の菊の御紋章をとりはずされ、水爆実験の軍艦としてはるか南の海にその最後をとじた。

私は今でも海軍軍人であった事に誇りと矜持《キンジ》を保ち、五省の一つ、『不精に亘るなかりしか』を思い浮かべて、外出前には大鏡の前で服装に乱れはないかと点検し、ふんどしも毎日必ず取り替えて清浄な気分で一日を過ごす。

私は、旧制中学時代から海軍兵学校にあこがれを抱いていた。先輩で兵学校の生徒が休みをとり、郷里に帰ってくると、必ず中学に立ち寄って紺色の第一種軍装や白色の第二種軍装で短剣を腰に吊り、颯爽《さっそう》と講堂の教壇に立って海軍の話をしてくれた。聞くところによると、女学校にも行って話をしたらしい。女学生の憧れの的は、きりっとした海軍将校のスマートさであったとか。確かに水交社（海軍軍人クラブ）や遊女の間でも海軍軍人はもてた。

「腰の短剣すがりつき、連れて行きんせ、どこまでも」

「つーれて行くのはやすけれど、女は乗せない魚雷艇」

と、戯《ざ》れ歌もうたわれた程のもて方であった。

私も旧中学卒業後、兵学校の受験をしたことがあった。しかし学科試験は厳しいものであった。

第一日目　数学、理科

第二日目　歴史、国語

第三日目　英語

とあり、その都度成績のふるわない者は落とされる。無事三日目を終え、体格検査の日を迎えた。しかし残念無念、そこで落とされた。最後まで頑張ったが、合格することはなく、非常に残念な思いをした。この厳しさによって優秀な人材が集まるということになるのだが、私は予備学生になり、あこがれの短剣を腰に吊るすことになった。

●旅路の果て

私は戦前、戦中、戦後の波乱万丈の生活を神や仏の庇護のもと送ってきた。われわれの世代はまったく後を振り返る心の余裕もなく、あっという間に八十路。これまで幾度となく人生のけわしいハードルを越えてきた。〝貴様と俺の同期の桜〟は、大多数が天に召され、私の班も十三名のうち十一名はすでにいない。また、旧制中学で同じ小学校から進学した友も郷里の町には十五人中一人しか存命していない。故郷を離れて六十年、町は今浦島というか、行き交う人もどこの誰かも分からない。子どもの頃は、小さい町なので、隅々までどこの誰と分かり、子どもたちも、どの横丁の子どもだということが分かる程知り合い、親しかったが、今ではまったく異邦人として故郷と接しなければならない。

私には、アメリカのフォークソング『オールド・ブラック・ジョー』がなつかしく胸にしみる。奴隷解放前の南部の黒人の歌ではあるが、淋しさの果てなむ国を今日も旅ゆく、というような老人にとっては、天国への誘いの歌は胸をうつ。

私は、この年になっていろいろと天国のことを想像するようになってきた。天に召されることに対して恐怖感もうすれ、逆に期待感が高まってくる。例えば、天国の靖国神社の境内で、爛漫《らんまん》と咲き乱れる桜花の下で、同期の貴様たちといろいろの苦労話をするのも楽しいなと思ったりするのである。

■■■■■■■■■■■■■■

キラ星の王子様――
「仮想現実」

「どうぞ王子様、お乗りください。天照大御神様のお指図でまいりました」

とお迎えの人が言いました。

「これはどうもわざわざありがとう」

と王子様はおっしゃって、黄金色に光る馬車に乗り、天空高くかけ上っていきました。上を仰ぎ見ると中央の玉座に、どっしりとおかけになっている大御神様のお姿が見え、下を見ると数えきれない多数の人々が、三途の川を渡っています。

「毎日あんなに多くの人々がこの川を渡るのですか」

と王子は聞きました。

「はい、そうです。三途の川を渡るのは霊気を清めることなんです。よく下界では、地獄極楽ということをいわれておりますが、天上界ではすでに自動的に天国へ行くか、現世に復活するか、ブラックホール行きになるか決められていて、人々の霊気はおとなしくそれにしたがっているのでございます」

と供が答えますと、

「下界とは随分違いますね」

とうなずかれました。

馬車は刻一刻と高天原に近づいていきます。

緑一面の絨毯《じゅうたん》を敷きつめたような草原に馬車は静かに降りて、前方には大御神様をはじめ、王子様が小さい頃よく絵本で見られた八百萬《ヤオヨロズ》の神々が髪の毛を左右に束ね、白い衣をまとった下には、ふわふわのズボンを召され、腰には飾り刀を召されています。

「ただいま大神様の前に到着致しましたので、どうぞ大神様の前に進み、御挨拶をお願い申し上げまする」

と、供の者が言いました。

王子様は身の引き締まる思いで、一歩一歩大御神様の前に歩を進め、草原にひれ伏し、深く深く一礼しました。

「おお、王子よ、下界では大変御苦労であった。天国という所はとても面白く楽しい所であるのでな、ゆっくりと下界の諸々の悩みを洗い流しておくれ。供の者たちもつけてつかわすので、分からないことはその者たちに聞くがよい」

「ハハッ、誠にありがたき幸いに存じ奉りまする」

と、再び深く頭を垂れます。

「それからの、ここには八百萬の神々だけではなく、神武天皇から孝明天皇方まで、すべての歴代の天皇もおられるので、挨拶をなされよ」

「ハハッ、承知つかまつりました」

王子は出迎えの方々のほうを向き、

「皆々様、真実にありがとうございます。ゆっくりと落ち着きましたら、一人ひとりの天皇様にも親しく御挨拶に御伺い致したいと存じますので、その節はよろしくお願い申し上げまする」

と、深々と頭を垂れますと、皆々様はとてもにこやかにうなずかれ、王子はほっとしたのでした。

そして神々に見送られて、再び馬車に乗ると天国の自分の住む所へ天空高く舞い上がりました。

ここで、少し天国のお話をしてみることにしましょう。

まず、天国とはあくまでも「バーチャル・リアリティー（仮想現実）」の世界であるということです。霊気が天国の門をくぐった途端、人間の姿に早変わりします。しかし、本質的には人間の構造とは異なり、食事は一切とらない、ただ食物の香りを楽しむ世界となります。目の前でこのようなことをしたいといえば、そのようなことが可能となり、こんな家に住みたいと思えば、そのような家があっという間に出来てしまいます。身体は一見人間に見えても、あくまでも中身は霊気であり、極端なことを言えば空中に飛び上がったり、木に登ってふわりと地上に降りたつことも可能です。また、不老不死の生活ゆえ、病気になることもありません。もちろん、ウイルスや種々の病原菌が魂にとりつくこともないのです。

また、男女の中もあくまでもプラトニッククラブ（精神的な愛）で構成されていて、肉体的な関係もなく、酒、煙草、麻薬等も一切ありません。そんな馬鹿なと思う人もいるでしょうが、人間の知能などは、宇宙神の偉大な能力に比べれば、うんと小さいもののようです。確かに、現在の人間は神の領域に一歩踏みこんだような生活をしています。したがって、このようなことは全面的に否定することはできません。

キラ星の王子様——

供人四名

王子様は、やっと自宅の庭の芝生の上に、馬車を天空からふわりと止めることができました。王子様の世話係として大御神様よりつかわされた供人四名が、家の玄関でお待ち申し上げていました。供者《ぎょ》に

「どうもありがとう、やっと家に着きました。本当に御苦労さん」

と、ねぎらいの言葉をかけ馬車を降りますと、供人たちは一せいに頭を下げ、

「遠い所、お疲れ様でした。どうぞこちらでゆっくりとお休みください」

と玄関の扉を開け、王子様を応接室のほうへと導きました。供人は男性二人、女性二人です。王子様は椅子にゆったりと腰をかけ、供人たちに声をかけました。

「そちたち、予のことをよろしく頼むぞ。ところで名は何と申す」

と尋ねますと、一人ひとり丁寧に答えました。

「私の名は秀吉でござります」

「私の名は一豊でござります」

「私の名はねねでござります」

「私の名は千代にてござります」

すると、

「何々、秀吉、一豊、ねね、千代か。さてさてどこかで聞きし名であるな」

とおっしゃられました。とたんに一同は腹をかかえて、「ハッハッハー」と大笑いをし、その途端、王子様との心の垣根が取り払われて、部屋は明るくなったのでした。

キラ星の王子様――

朝のお散歩

昨日は興奮して少し疲れたせいか、久しぶりにグッスリ眠ることができ、そして朝の散歩がしたいので早々と起床されました。別に朝は何もすることもありません。顔も洗わない、手も洗わない、おトイレにも行かない、秀吉と一豊はすでに控の間で控えていました。

「予は朝の散歩がしたくて、ちょっと早起きをしてしまった。よろしく頼むぞ」

「ハイ、承知つかまつりました」

二人は王子様を玄関から庭へと案内しました。東の空が少し明るみ、もう少しすれば日の出も楽しめます。庭には色とりどりの花が咲き乱れ、かぐわしい香りを庭いっぱいにまきちらし、梢には美しい小鳥たちのさえずりが楽しそうに聞こえてきます。ゆっくりと歩みを進めて、庭を抜け、山道にさしかかりました。

「王子様、ちょっとこの高い木の梢に登ってみませんか、四方の眺めもなかなかなものでございます」

と一豊が言いましたが、王子様はそんな高い木には登れないと思いました。

「予は今まで木登りなんかしたこともない。とても無理だな」

とおしゃいます。

「王子様、この世界ではとても簡単なことですよ。自分があの梢に止まろうかと思えば、そう念じて飛び上がれば、スーッと身体が浮いて、造作なく梢にとまれまする。では私が先にまいりましょう」

そう言うと、その言葉どおりにふわっと空中に浮き、鳥たちのようにすばやく梢にとまりました。王子様もそれに続かれたのです。

「うわー、これは大したものだ。予にもできたぞ。四方の景色もなかなか美しい。まことにびっくりしたぞ」

と大喜びされました。

もちろん、秀吉も梢の枝で、

「王子様、東に見える山の頂から見る日の出の素晴らしいことは、なかなか言葉では表現できません。見て感動するより方法はないのですが、行って御覧になりますか」

と尋ねました。

王子様は

「もちろん行ってみたい。だが、その前方に深い谷間があるではないか。これはちょっと無理ではないか」

と申されたのです。

「いや、そんなに難しくありません。ちょうど水の中を泳ぐようにゆっくりと手や足を動かしますと、どんな深い谷間があっても大丈夫です」

と説明しますと、

「そうか、何でもないのか。面白そうであるな。では一緒に参ろうか」

そこで三人は、一、二、三で一斉に梢から飛び立ちました。ちょうど鳶《トビ》がゆっくりと大空に弧を描いて舞っているように、三人は山頂を目指して空中を遊泳したのです。谷底の景色を眺めたり、ゆったりと流れる河、清らかな流れを眺めたり、三人はひょいと山頂に降り立ちました。王子様はその瞬間、天国は地球の何十倍の大きさであるなと実感されました。

地平線がどこまでもどこまでも、眺める限り続いています。山並も幾重にも連なり、数えきれません。やがて東の空も白みはじめ、お陽様《ひ》が静かに地平線から姿を現わしました。光芒は東の空いっぱいに広がり、山頂まで黄金色に輝いて、何か神々しい雰囲気に包まれ、お陽さまに向かって手を合わせました。昔、松尾芭蕉が仙台の松島の景色に感嘆して、「ああ、松島や」と絶句したように、王子様も

「ああ日輪や、日輪や」

と、思わずおっしゃいました。王子様は幸福感でいっぱいでした。

帰りは山頂からふわりと空中に浮かび、一直線に御屋敷の庭にストンと着地されて、大満足でお家の中に入られました。すでに朝食は用意されていました。ねねと千代が精魂こめてお作りしたお香のお皿が、食卓いっぱいに色どりよく置かれ、香木の煙も食堂いっぱいに立ちこめています。王

子様はじめ、皆で食卓につきました。まあ、天国でいえば香卓でしょう。

「王子様はジャスミンの香りがとてもお好きだとお聞きしておりましたので、今朝は特にその香りを強くしておきました、ぜひその香りをおかぎくださいませ」

と、ねねが言いました。

「天国での初めての香卓である。いや、身もとろけるような香りじゃ。お腹も下界におる時のように満腹感を感じる。今日は大義であったな」

王子様は胸で深呼吸をし、鼻の穴をいっぱいに広げてとても満足そうでした。

日の入りも壮大なものでした。七色の光芒を西のほういっぱいに広げ、静かに静かに沈みゆく様は、玉手箱の手より離れる如き気がして、日没のその瞬間の茜《アカネ》色に染まる空に、気を失うほどの美を感じました。

王子様が何よりも驚いたのは、夜の天空いっぱいに広がるキラ星の美しさと、手も届きそうな所に、いくつもの月が天空に光り輝いていることでした。一説にはそこにも天国の住人たちがゆったりと暮らしているそうです。

毎日の生活に慣れると、王子様はすっかり天国の人として、いろいろな情報の収集に精力を費やされ、とても生き生きと過ごされるようになりました。

何しろ天国の情報は、かつて下界で過ごされた方々の情報もたくさんあり、また、現時点での下界での情報も日々刻々、直接王子様のところにやってきます。しかし下界と天界では異なり、下界には天界の情報は一切伝わることはありません。

キラ星の王子様――
ドールちゃん

王子様は毎日毎日が楽しくて、時も早く過ぎていき、そして天国のいろいろなことに出合ってびっくりしたり、涙を流したりして、段々と天国の生活にも慣れてきました。しかし、それだけでなく、下界の情報も瞬時に入ってきますので、それにも気を配らねばなりません。

「王子様、今日は天気もよいので、例によって空中遊泳をして少し遠いところまで遊びにいきましょう」

と、秀《ひで》が誘ってくれました。もちろん一《かず》も一緒です。秀吉とか一豊とかで呼ぶと、何か重々しい気がするので、最近は「ひで（秀）、かず（一）」、と呼んでいて、そう呼ぶと親しみがわいてきます。

「承知した、今日は大いに楽しみにしておるぞ」

と王子様。

「では、裏山の山頂まで行き、そこから空中遊泳をして、動物たちのたくさんいる所へ行って、犬や猫たちと一日遊ぶことにしましょう」

と秀は言いました。

王子様もすっかり空中遊泳の名人となられ、三人で山頂から空中高く飛び立ち、眼下に広がる天国の美しくも壮大な景色を眺めながら泳いでいきました。

「もうすぐ着きますだ。あの原っぱが犬や猫ちゃんのおるところでございます」

と秀が告げます。

「ああそうか、もうすぐであるな」

と王子様はうなずきました。

ここでちょっと天国の動物の話をしましょう。

彼らは本当に素直で愛らしく、下界では絶対に悪いことはしないので、生きとし生ける動物たちはすべて無条件で天国で楽しく過ごすことができます。なかでも、人間に愛された動物たちは天国で主人たちと再会できるのです。

いるわいるわ、大きいセントバーナードから、小さなチワワまで、ワンちゃんのドッグショウのようにいろいろな犬たちがかけ回って遊んでいます。また、ニャンちゃんも毛の長いペルシャ猫、シャム猫等、また雑種のニャンちゃんも色とりどりで、ゆったりと日向ぼっこをしています。

突然、こげ茶色のニャンちゃんが王子様の膝の上に乗ってきて言いました。

「ねえ王子様、私の話を聞いて。私の名はドールちゃんです。よろしくお願い」

「聞いてあげるからお話をして」

王子様はドールに優しく頬ずりをしてそう答えます。

「ありがとう王子様。私ね、下界では野良猫だったのよ。だから、物心ついてからは生きていくのがとても大変だったの。特に冬はね、寒いし、食物はないし、大変」

「うん、分かるよドール、よく頑張ったね」

と王子様は大きくうなずきました。

「でもね、私とっても運がよかったわ。優しい小母さんがいて、毎日裏の台所のドアを開けて、四時になるとおいしい食物を敷石の上においてくれたの」

「それはよかったね。食べる物がないのが一番つらくて悲しいもんな」

と、王子様は安堵した顔でほほえまれました。

「そしてね、冬になるととてもつらくて寒さも厳しいの。ちょうど朝日が東の空からのぼってね。冬のお日様が暖かい陽の光を壁の所にいっぱいあててくれるの。ドールはね、そこにじっとちぢこまっているのよ。でも、ある日、私がそのようにしていたら、小母さんは私を突然抱き上げて言ったの。『可哀相に。温かいお家の中にいらっしゃい』って、私を家の中に入れてくれたの」

「ウワー、なんて優しい小母さんだ」

「私ね、その日からずうっと家の中にいて、その夜は小母さんのベッドの裾で温かくして寝たわ。本当に夢みたい」

「よかった。よかった」

と王子様は、小母さんが抱きしめるのと同じようにドールをぐっと抱きしめました。

「小母さんはね、私をまるで娘のようにかわいがってくれたの。そしてそんな生活を九年間も続けたんだけど、私も年をとったせいか食物が口に入らず、段々衰弱して天に召されたの。私は最後の最後の瞬間まで大きく目を見開いて、小母さんを見て、最後に大粒の涙をぽろりと流してから召されました。王子様、私はもう一度小母さんに抱かれて一緒にいたいんだけど、そんな夢、かないますかね」

ドールは、大きな目をいっそう大きくして王子様を見上げました。

「かなうとも、かなうとも。そんなに優しい人だったら、きっときっと天国にやって来て、かわいいドールちゃんを捜してくれるよ」

「まあうれしい。王子様、本当にありがとう。私は小母さんをいつまでも

いつまでも待っています」

と言って、ポンと膝からおりると、尻尾をぴんと立て、うれしそうに王子様のそばから立ち去っていきました。

王子様はドールの美しい話にとても感動して、小母さんの優しさにぽろりと大粒の涙をこぼされたのでした。

キラ星の王子様——

美代ちゃん

王子様は朝日が昇る直前のすがすがしい空気に満たされ、色とりどりの草花の咲き乱れるお庭の散策がお好きでした。いつものように散策を始められると、王子様のほうに小さなちんちくりんのワンちゃんが駆けて来ました。王子様のまわりをぐるりと一周すると、王子様を大きなお目々で眺めたのです。

鼻がぴっちゃんこにつぶれ、ちょうどブルドッグのような顔をしていましたが、それに毛がふわふわと生えて、とてもかわいく見えました。犬の種類でいうとシーズという犬で、とてもかわいいけれど、ちょっと脳味噌の足らないところがあって、人によってはそれが何ともいえず、かわいいといわれていました。

久しぶりに人に会ったのがうれしいのか、尻尾をふりふり、

「王子様、お初にお目にかかります。僕の名前はポン吉でございます。早速ですが、僕は今、一生懸命に僕を育てかわいがってくれた母を捜しています。どうぞ、お力をお貸しください」

と懇願します。

「ポンちゃん、お母さんより早く天国に来たのね」

王子様は、しゃがんで優しくポンちゃんの頭を撫でながら尋ねます。

「ハイ、そうです。私は毎日毎日お母さんが来てくれるのかな、と待っています」

王子様はうなずかれて

「さて、お母さんの名前は何ていうの」

とお聞きになりました。

ポンちゃんは

「そうそう、お母さんの名前はね、浅岡美代子と申します。歌姫というか女優さんなのか、僕には分かりません。でも、とても面白いお母さんでしたよ。僕の御飯も一生懸命おいしく作ってくれて。でも、自分の御飯を作るのを、忘れちゃったりしてね」

王子様は首をひねって、

「どこかで聞いたような名前だね、おーい、秀に一」

と王子様は二人を呼びました。

「浅岡美代子という歌姫か女優さんか分からんが、確かにどこかで聞いた名前なんだけど、お前たちには記憶がないかな」

と聞きました。

「もちろん知っていますよ」

二人が同時に答えました。

「ああ、僕、とってもうれしい。みんな僕の母さんのこと知っててくれた」

と、ポンちゃんは尾をより力強くふって喜びを表わしました。

「ポンちゃん、お母さんはきっとポンちゃんを迎えにくるよ。あんなに優しく心もきれいな人だから、きっときっとお母さんは天国にやって来る。それまでは動物ランドでお友たちと楽しく遊んでちょうだいね」

と王子様は言いました。

「王子様お願い。お母さんはね、僕をいつも散歩につれて公園で遊んでくれた。そしてね、僕に歌を教えてくれたんだよ。『メダカの学校』を歌ってちょうだい。僕も歌うから」

と王子様にお願いをしました。

「では歌うよ」

と王子様も言われました。

「メダカの学校は、川の中」ワンワンワンワン、

「そっとのぞいて見てごらん」ワンワンワンワン、

「みんなでお遊戯してるよ」ワンワンワンワン、ワンワンワンワン。

「上手だったよ、ポンちゃん」

「ワーイ、楽しかった。王子様ありがとう。お母さん、ありがとう。私は待っています」

「ハァー」

と一息ついてから秀は、

「ああ、思い出しました、思い出しました。でも、これ間違っているかもしれねえ」

「でも、話してみなせい」

と、一が言います。

「あのですね、テレビで『時間デスヨ』という番組があってね。確かにお風呂屋さんの物語と思います」

「えっ、お風呂屋さん？　女風呂かえ？」

と、一が大きな目をなおいっそう大きくして秀に聞きました。

「何をお前は想像しているのかい？　美代ちゃんの裸か」

「とんでもねえ、そんなこと」

と、一はうつむきました。

「確か、かわいい歌を風呂屋の屋根の上で歌っていたかもしれねえ。あれが浅岡美代子であったかもしんねえ」

と秀は言います。

「ああ、予も思い出した。本当に当時はかわいい子だったが、今ではちょっと小母さんになったけど、なかなか面白い人ではないか。あのとぼけたようなところが何ともいえないが、なかなか勘のするどい人だと思ったよ」

と一は言いました。

ポンちゃんはあっちを向いたり、こっちを向いたりして、その会話に聞き入っていました。

「一、ポンちゃんを動物ランドに連れていってくれ」

「ハイ、承知つかまつりました」

一はポンちゃんを抱きかかえました。

「では行ってまいります」

と一は飛び上がると、例の空中遊泳で動物ランドに向かったのでした。

王子様は手を振って、姿が見えなくなるまでそこにたたずんで、

「今日はよい日であったの。ポンちゃんもこれでしあわせだ」

とおっしゃいました。

キラ星の王子様——

トラさん

とにかく天国はとても面白い所で、まあ、明治、大正生まれの人にとっては、少なくとも天照大御神様より神武天皇に始まる万世一系の皇統のいつの時代の人物にも会うことができて、その変化がとても面白くて、年月も早く過ぎ去っていきます。しかも天国と下界は一応隔絶された世界であり、天国の情報は一切下界には通じませんが、下界の情報は逐一、何でも伝わってきます。最近の情報では、王子も下界のトラさん人気に、すっかりはまっていましたが、トラさんも天国にやって来たという情報が入り、トラさんに会ってみたくなったのです。

朝食の香卓で王子様は秀と一に、

「どうじゃ、秀と一は、トラさんを知っておるか」

とお尋ねになりました。

「ハイハイ、私どもも、トラさんファンであります。是非、一度会ってみたいですね」

と秀が答えます。

「そうか、そちたちもそうであれば何よりじゃ。早速、面会の手配をしてくれぬか」

と王子様がおっしゃいますので、

「はい、承知致しました」

と二人は答えました。

そして、指定された日の午前にトラさんは現れました。

「王子様、トラさんがまいりました」

と秀が知らせます。

「そうか、こちらのほうへお通し申せ」

と王子様は言いました。

トラさんは応接室に例の姿でやって来ました。

腰をちょいとかがめて王子様に軽く会釈をすると
「早速の御招待ありがとうござんす。関東といっても広うござんすが、私の生国は花のお江戸の葛飾柴又の生まれで、帝釈天で産湯をつかい、通りのちゃちなダンゴ屋が手前の生家でござんす。あっしの名は通常、フーテンのトラと申しますが、本当の名は車とら吉と申しやす。以後、万端お見知りおきの上、よろしくお引き廻しくださいますようお願い申し上げます」

と挨拶をしました。

「あい、分かった。よろしく頼むぞ」

と御機嫌で王子様は言いました。

「ここにいる供の者は、秀吉と一豊、それに下界でも妻であり天国でもプラトニックラブの相手である、この二人の妻ねねと千代である。御承知おきを」

トラさんは目をぱちくりさせ、

「どうもどこかで聞いた名前だなと思ったよ。天下の豊臣秀吉様とねね様、しっかり女房で有名な山内一豊様と千代様でございましたか。これは驚きでございますね」

と、トラさんはびっくりして言いました。

「まあ、ここは天国であるぞ。何もしゃちほこばることもないわ。まあ、皆、予の友だちのようなもので、アハハ、オホホ、と愉快に暮らしておるわ」

と王子様はおっしゃいました。

「それはそうでございますね、実はあっしも天国へ来てまことに楽しゅうござんすよ。御前様やオイちゃん、タコ社長たち仲間もいますしね。そのうち、さくらも来るでしょう。あっしの一番の楽しみは、そのうちに下界でふられた女たちも、もうちょっとすれば続々と参ることでござんしょ。そうなりゃ、よりどりみどり、あっしの好きな女とプラトニッククラブといきますか」

と、うれしそうに言いました。

「うん、聞いてるだけでも楽しいよ。天国でもそのうちにトラさん映画の続編でも出るのではないかね。ハッハッハ。予は特にトラさんの夜店の叩き売りのセリフが好きでね。あれを聞くと胸がすうーっとするんだよ」

と、王子様は愉快そうに笑いながらおっしゃいました。

「さようですかい。実はあれはあっしがガキの頃よく浅草に遊びにいきましてね、夜店の叩き売りの言いまわしが好きなもんで、よく通いましたよ。じゃ、王子様にあっしの最近のとっておきの叩き売りを御披露致しやしょう」

と口上を述べ始めました。

「少し人通りの多い道がありましてね。あっしの顔を見てトラさんだ、トラさんだ、と人が集まってくるんですよ。そこで天国独特の仮想現実の手法をつかいまして、屋台をパッとつくり、商品をパッパッと並べました。もちろん御前様もタコ社長も見物人にまぎれて応援してくれました。

さあさあ、寄ってらっしゃい見てらっしゃい。日本橋三越でバンバン売れた品物だ。特に女性にとっては必需品。やっとの思いで仕入れた品物だ。あとで値段は分かるが、あっと驚く為五郎、五千円の品物がたったの五百円だよ。

四谷、赤坂、お茶の水、そばを流れる神田川。いきな姉ちゃん立ち小便、お猿のお尻は真っ赤々、ちょっと姉さん待ってよ、これを手に取ってみなよ、ね、立ちしょんなんかしないでちょいとこれを当てればすむことさ。近頃、銀座でも渋滞が激しいじゃないか。二時間、三時間の待ち時間は当たり前。その間おしっこが出そうになったらどうする姉ちゃん、七転八倒の苦しみだ。これさえあれば大丈夫。玉の輿だ。俺《おい》らは昨日ちょっと若い兄ちゃんの誘いに乗って、やめようと誓った丁半バクチに手を出した。

サアー、ハッタハッタ、ハッテ悪いはオヤジの頭、張らにゃ食えねえ提灯屋、そこの兄さん儲かるよ、サア、ハッタ、ハッタ、サア、後はどうなる銀座の姉ちゃん涙雨でスッテンテンの空財布になってしまったよ。やけのやんぱち火事場のうんこで焼けくそだ。やっと仕入れたこの女性用しびん、五千円の品、たったの五百円、さあ、買った買った、姉ちゃんどうなの買わないのか」

ここでタコ社長の合の手が入ります。

「トラさん、トラさん、ここをどこだと思っている。天国だよ。天国じゃ小便もしないしうんちもしない。元《モト》は気体だ。どうやって小便するんだ。誰も買わねえよ、ハッハッハッ」

トラさんは、タコ社長の頭を引っぱたきたい思いをぐっと我慢して空を見上げてひと言。

「ああ、今夜は便所で見る月、運の月か」

確かに天国では、しびんはいらないということが分かったもんで、一同大声を立てて笑いました。

楽しい面白いお話をして、皆、一日中笑いながら過ごし、王子様も本当に満足気でした。

キラ星の王子様――
小泉信三さん

天国の面白いところは、時代を問わずいろいろな人たちと会うことができる点です。

王子様は、皇室そのものに関心をお持ちの慶応大学総長であった小泉さんに会われることを希望されていました。

そこで、供人の一に

「下界におった人の過去帳を調べて、その中で小泉信三という人がいるはずだが、一、御苦労でも調べて面会できる手はずをダンドリしてくれ」

と命令されました。

一は、

「かしこまりました。早速調べた上、早急にお手配致しましょう」

と答えて、天国の入口にある過去帳室に行き、係の方に頼んで現在の居所を確かめました。天国の小泉さんに、是非王子様とお会いして種々のお話ができるようにお願いをし、また王子様のことをお話し申し上げて快く承知してもらったのです。

「王子様、小泉様がお出でになりました」

と、一《カズ》は応接間におられた王子様に申し上げました。

「御苦労であった。こちらにお通し申せ」

と一《カズ》に言いました。

やがて小泉さんがにこやかなお顔で現れ、

「王子様、今日はわざわざお招きくださいまして誠に光栄に存じます」

と深々と一礼をしました。

「まあここは天国なのだから、下界と異なって身分のへだたりもないのでのう。のんびりといろいろのお話をお聞かせくださ い。特に貴方は皇室のことに関しては、常に心配りをなされてこられたとか。真実に御苦労のことでありました」

「まあ、私なりに少し気掛かりなことがございまして、少しばかり御手助け致した次第でございますが、皇后様は私の期待どおり、まれにみる才媛のお方でござりまして、私もほっと安堵致しました」

「そうであろうの。私も下界の様子、特につい皇室に目が向くのであるが、今の皇后様はまったく一〇〇%完璧なお方であるな。しかし精神的な御苦労は並大抵ではなかったようじゃの」

「ハア、まったく王子様のおっしゃるとおりでございます」

「民間から嫁がれたことによる皇室内そのものの無言の圧力もあり、天皇も自ら神格がないものとして、人間宣言をなさいましたし、そのせいではありませんが、マスコミもいろいろなことを書き立て、皇后の御心を如何に悩まされたかということを察すると、まさに私は断腸の思いが致します」

王子様は大きくうなずかれて、

「まったく、予も同じ思いじゃ」

あげればきりがないそうですが、ある妃殿下の日記に、民間から皇后になる方を迎え入れるのは世も末だ、と書かれていたとか。また、皇太子御誕生で宮内庁病院より宮中に戻られる時、車の窓を少々開けて記者たちが写真をとれるようにしたことも宮中にて問題になったとか、育児に関しても乳人制でなく皇后自ら育児に専念されることについても、宮中ではトラブルがあったそうです。前の皇后様の時はすべて乳人制であり、内親王は呉竹寮で皆過ごされていました。

一番ショックをお受けになったのは、やはり宮殿を建てられる折り、テニスコートも作られたことが報道され、それはあたかも宮中の庭を破壊して自然をこわしたような非難の文章であったことでした。これにはさすがに気丈な皇后様もショックで工合が悪くなられた等、表面にあらわれた問題も多いようです。

「予は皇室の記事報道は今でも一つ残さず目を通すのでのう。まあいつも皇后様の素晴らしさを感じ、世界一の優しく民を思う皇后様であると心の温まる思いじゃの」

小泉さんは頭をたれて、

「まったくありがたきお言葉、私めも身にしみて感じおりまする。まあ、王子様に皇后様の立派さを認めていただき、私めも陰ながら尽くしてきたことも無駄ではなかったと思っておりまする。

ところで、私が申しました気がかりなことは、実は血の問題でございます。私が物心ついた頃、私の町に奇妙な一家がございました。その当時としてはかなり裕福な家庭でしたが、代々の主が無類の倹約家でございまして、自分たちの財産を減らすのが嫌で、いとこやはとこ同士で結婚させ財産を守ってまいりました。そうすることによって、血は濃くなり、子どもたちも優秀な子と知的に遅れた子ができるようになりました。

私も学者の立場から万世一系の皇室の系統を調べてみますと、なかなか多岐にわたっていますが、何百年もの間、公家社会が皇室をとり囲むように存在致しました。したがって、公家衆は競って自分の娘を天皇様の皇后となさり、それが複雑にからみ合い、皇室の血統は濃いものに変容しつつありました。

それで、朝から晩まで催馬楽《サイバラ》を唄い騒いでいるような花山天皇や白河法皇等がおられまして、政事《まつりごと》は何事もよきにはからえと、臣下にとっては政事がやりやすく、むしろ優秀で天皇御親政のようなお方についていては煙たい存在でございました。

最古の恋愛小説である紫式部の書かれた源氏物語にも、宮中をとりまく公家社会のいろいろな恋愛が書かれ、当時は嫁ぐよりも好きな人が出来たら、通い婚として交際し、子どもが出来たら母方の方で育てる風習がありまして、光源氏のようなドンファンは、いろいろな女性との交際があったと思われますが、その当時から血のつながりは濃くなっていく傾向になったと思われます」

王子様は興味深げに小泉さんのお話を聞いていました。

「うん、確かにそのような傾向はあるね。天子は優秀では臣下から煙たがられ、何事にも『よきにはからえ』の一言で片づけてくれる天子が好まれたということも納得できるね。予もどらかというと煙たがられるほうであったのかな」

小泉さんもニッコリして、

「王子様もなかなか御聡明な方でした。政事に対しても常に興味をお持ちで、世の中の事柄についても自分自身の識見をお持ちでございました」

「そう言えばそうかも。なかなかよきにはからえ、とは言えないね。ハッハッハ」

とお笑いになりました。

小泉さんは続けます。

「私、最近非常に残念に思うことがございます。それは、皇后様がお生まれになり御育ちあそばした実家が国に物納されましたことです。私は、皇后様が母上と庭の芝の雑草をとりながら、仲睦まじくいろいろお話をされ、その中には皇后様になられるお話もされておられたのではないかと思われる一葉の写真を見た時に、何か胸にぐっとくるものがありました。せめて実家は、皇后様が御存命の間は残して差し上げたかったと。なんといっても、いろいろな思い出がいっぱいに残っておるのが実家です。皇后様が実家を離れて皇室に嫁がれる時、玄関前に父母兄弟、親戚の方々がおられましたが、喜びの雰囲気でなく悲しみの雰囲気が強く、瞬間、私はこれでよかったのかなという思いが頭をよぎりました。

それから、これは余談ですが、日本は戦後、猛烈なインフレに突入し、闇市がどこでも大繁盛で、当時の平均的サラリーマンの給与が八百円くらいの頃、靴一足がなんと三千円もしておりました。

しかし、その後ドッヂ氏が来日、税制改革やインフレ対策をされて、一応経済も落ち着きを取り戻し、日本の経済の回復は朝鮮戦争を契期に回復して、昭和三十年代、四十年代の好景気の原動力となりました。しかし、占領下の終盤にシャウプ氏がインフレ抑制の税制改革を再び行いまして、相続税という制度を確立して、親の残した財産はすべて平等に分けられることになってしまいました。これでは、いくら大金持ちでも三代は続かないといわれました。もちろん、兄弟姉妹の間にも、財産をめぐって骨肉の争いが生じました。昔は、一家の長となるべき長男が財産を引き継ぎ、弟や姉妹の面倒、先祖の供養、両親の介護を引き受け、万事うまくいき、余裕のある長男は他の兄弟、姉妹たちが独立する面倒を見てやったりしましたが、今は王子様もよく御存知のように少子高齢化の時代を迎え、大変になる前夜のような状態であります」

王子様も大きくうなずいて、

「うん、もっともだ。これからの世の中を、どのように政治家たちは取りしきっていくのかね。安心して一生を終わって天国に昇天するような世の中が一番よいのだが、なかなか大変なことだね」

「ごもっともです、王子様。そのような世の中が来ることを願って、天国から下界を見てまいりましょう」

「うん、まさに天国から下界の様子を見ているのは、ちょうどお芝居を見ているようで、なかなか面白く興味がつきないが、動きとして日中・日韓関係が何かぎくしゃくしているが、どうにかならんもんかね」

王子様は、顔をくもらせて小泉さんに聞きました。

「はい、これも長い間のわだかまりがなかなか消えないで、誠に困ったものですね。中国や韓国に日本がしたことは、むしろ良いことのほうが多かったと私は思います。朝鮮半島だって、ロシアの植民地になり、朝鮮の人々はロシア語を話していたことも、あながち嘘ではないと思います。幸い、日露戦争で旅順をせめ落とし、バルチック艦隊を全滅させ、奉天大会戦で最後の止《とど》めをさすことによって、中国東北部よりロシアの影響をすべて駆逐しました。

また、当時の清国はぼろぼろで、阿片戦争では英国軍は北京まで占拠して、ペキニーズという宮廷の愛玩犬を英国まで持ち帰り珍重したといわれています。香港は英国領、青島はドイツ領、旅順はロシア領、台湾は日清戦争のわがほうの勝利によって日本領で、まさに中国そのものが虫食い状態となり、清国は内乱が起きて、一九一一年に滅亡して、新しく孫文をはじめ中国を民主国家に変更したいという人々により中華民国が樹立されました。もちろん、そのバックには日本の右翼というか、支那浪人というか、そのような一団が後押ししていたことも事実で、当時十万人といわれる留学生が来日して後押ししたのも事実です。

しかし、われわれ日本人は中国人を無視することはできません。あの雄大な万里の長城を歴代王朝が築き上げたエネルギー、西安における王様の墓から発掘された兵馬桶《よう》の歴史の重み、そして中国から直接間接、朝鮮半島経由して入ってきた仏教文化、儒教の文化、文字等が、どれほど日本の発展の助けになったか分かりません。ですから、お互いに目くじらを立てずに、百年、二百年のスタンスで、鄧小平が言ったように、ゆっくりと問題を解決して、日中友好は最重要課題として、相互の政府要人が真剣にとりくまなければならない問題であります。

しかし、中国人は昔から中国が世界の中心で、一番偉い民族であるという自負と、白髪三千丈という大風呂敷を広げる風潮があります。ここで申し上げられることは、誰もそのようなことは忘れてしまったのか申してありませんが、上海事変が日中戦争の前にありまして、おそらく、その上海事変は、通州事件がその原因であると思います。それは、通州に住んでいた邦人六十数名が、全員中国人により虐殺された事件でありました。

また、中国側が主張している南京大虐殺事件も、白髪三千丈式の誇張されたものではないかと思われるのです。当時、南京市には約二十万の市民がおり、日本軍は上海より長江沿いに攻め上って、南京を攻略致しました。彼らは三十万人の中国人が虐殺されたと言っておりますが、三十万の人を短期間に殺すのは容易ではありませんし、軍の方針としても、女子や子どもを殺せとは命令せず、むしろ保護するように命令していたと信じております。攻略直後、王兆銘主席のもと、親日的な南京政府が樹立されて、二十万の市民が南京は治安がよいということで、王主席時代には二十五万人に増えたそうです。私も戦後、上海、南京、北京と周遊して、南京の街が戦禍の跡かたも見られず、孫文の立派な記念堂が建ち、そんなことが過去に起こっていたとは想像できませんでした。

私の教え子たちの広島出身の学生たちも、多くの人が中国にまいりました。特に異口同音に申しますことは、満州国はとても治安がよく、昭和二十年八月九日、ロシアが侵入してくるまでは、王道楽土であったと申しておりました」

王子様はとても感動したようにこの話を聞かれ

「いや、通州事件などは初めて聞いた。南京事件も多分白髪三千丈的なところがあるやもしれんな。小泉さん、今日はとても有意義なお話をたくさん聞かせていただいてありがとう。次の機会も設けて、いろいろの話をしてみたいものじゃ」

と喜ばれ、

「ねね、千代、香卓の仕度は出来ておるかの」

と、食堂のほうに向かって少し声を高めておっしゃいました。

「出来ておりまする。どうぞお来しくださいませ」

と、ねねと千代の澄んだ声が聞こえました。

「小泉さん、皆で香卓を囲んで賑やかに宴会といきましょう」

「どこかで聞いたようなお名前でございますね」

と、小泉さんは興味深げに王子様にお尋ねになりました。

「実はな、私どもは皆愉快に毎日を過ごしてはいるがの、秀は秀吉、一は一豊で、前世の下界ではの、天下統一を成し遂げた豊臣秀吉で、またその家来であった山内一豊で、偉くはなったが、彼らは草履取りより苦労をして偉くなったので、人の苦労は身に沁みてわかる者たちで、天帝の御指示で私のお供としてさし向かわされた者たちじゃ。そして、うれしいことに二人の女たちも下界で苦労を共にした者たちじゃ。天国でも一緒であり、予にとってはとてもうらやましい存在ではあるが、皆と一緒のこの生活は、なかなか風情《ふぜい》があって楽しい。

一つ、面白いことを申そう。秀に『サル』と呼ぶと、昔の癖が出るのか、平身低頭して、『信長様』というので、それが面白くて時々、予もつこうている。ハッハッハ」

とお笑いになり、座を立って香卓に向かわれました。

秀吉、一豊、ねね、千代を交えた楽しい夕げは笑い声が絶えず、夜が更けるまで続きました。

キラ星の王子様――

チャングムの誓い（イ・ヨンエ）

王子様は、最近すっかり下界の韓国ドラマ、「チャングムの誓い」夢中になってしまわれました。これも一種の王室物語であり、チャングムとは実在の人物で、その名も朝鮮王朝第十一代王、中宗に仕えた女医として、「朝鮮王朝実録」の中に出てきます。

当時の王朝にとって重要な案件として、王様はじめ、それに仕える重臣たちを悩ませた事件は、日本にも関係あることでした。倭寇《わこう》や朝鮮半島の隣りにある現在の中国東北部、戦前の満州国あたりで暴れていた地方豪族の女真族等の勢力が、侮りがたい程人民を苦しめていましたので、これに対抗すべく軍隊を増やすために、どうしても王朝に代々仕え、手柄を立てた者たちに与えた土地の一部を返還させようとする案があり、これに賛成する勢力と反対する勢力の間で王様は悩まされ、病気にも度々なり、その時の王様の病状を幾度となく回復させた、医女チャングムの物語でもあります。

一四〇四年、室町幕府と国交を結んだ朝鮮王朝は、倭寇取り締まりを強く要求し、一九一九年には対馬に軍隊を送り倭寇の根絶をはかりました。こうして一時は鎮圧されたかに見えた倭寇が十六世紀に入り、明の鎖国政策によって日明貿易が途絶えたことで、再び発生して王朝はその対策に悩まされたのです。

王室における王様をはじめ、皇后、皇太后、王子、側室等、いわゆる王族の診察治療は男子の医師に限られ、医女（女医）による診察治療は一切許されていませんでした。チャングムがそのような時代に王様の診療にあたることができたことは、不可能に近かったのですが、たまたま皇太后様の御具合が悪く食事も満足にのども通らない時に、彼女は医食同源思想に基づいた、食欲が出てしかもおいしい料理の献立を作って、皇太后様にすすめ、皇太后様もその食事を召し上がるようになると日増しに元気になられたということで、王室内の信用を高めることができました。次には、側室の御子の出産にも立ち合い、早期破水にもかかわらず、無事出産することができ、母子とも健やかに育ちました。

そのように、皇后様もチャングムの手により、長期間の病身から回復され、当時の風習としては男尊女卑で、王様のお身体には医女がさわることは不可能でしたが、王様の強い希望で難病を治され、王室内にはチャングムに対する信頼感が広まっていったのです。

王子様はチャングム役をやったイ・ヨンエという女優さんが大好きになりました。顔も色白で美しく、所作《しょさ》も優雅でいとおしく、また医女として着ている服も好きでした。チャングムがピンクの上衣と黒い長いスカートをはき、水色のエプロンをかけて、両手を組んでエプロンの中にしまいこみ、てきぱきとする所作に王子様はため息をつくばかりの美しい雄々しさを感じておられました。もちろん王様を治療するまでには波乱万丈の生活があり、牢獄にぶちこまれたり、王宮より外に放逐されたり、ハラハラドキドキするようなドラマでした。

そして王子様が最も感動したのはラストのシーンでした。

王様はもともとそんな健康なお身体ではありませんでした。突然、激しいお腹の痛みが起き、種々問題はありましたが、チャングムに診察治療を受けることを決断したのです。チャングムの診断結果は、腸の閉塞症であり、このまま放っておいたら生命にかかわると心の中で思いました。助かる道は唯一つ、開腹手術をして閉塞部分をとり除くより他に手段はなかったのです。しかし、男性医師群と重臣たちは王様の身体を傷つけるとして、こぞって反対しました。また助かる確率も低く、万一王様が亡くなればチャングムの命もないでしょう。

しかし、チャングムは手術より他に手立てはないと敢然《かんぜん》と主張しました。ですが王様もなかなかイエスとは言いません。王様の心の中にはチャングムが理想の女性として存在していたので、失敗すれば死ということも承知していました。また、チャングムにはすでに恋人がいることも知っていました。王様は書面で回答されました。

『手術はしない。あなたは恋人の所へ行きなさい。そして、明国に行き、もっともっと医術の勉強をしてください。あなたに、永久的に王室付医長としての称号を与える』

という書面でした。王様は、万が一助かるかもしれないチャンスをチャングムのために諦め、チャングムのこれからの生きる道を教えて亡くなられたのでした。

これには王子様もいたく感激し、涙、涙の終章でした。

王子様は秀と一に、チャングムに会えるようにと手配を指示されました。四百年前に実在した医女チャングムを捜すのは、外国の過去帳なので難しかったようですが、うまくチャングムに連絡がつき、会えることになりました。

「王子様、お待ちかねのチャングムさんがまいりました」

王子様は応接間の椅子から立ち上がり、思わずドアのほうへかけよりました。

「チャングムさん、よく来てくれましたね。さあ、どうぞどうぞ」

と手を握って応接室の椅子まで案内しました。

「王子様、本日はお招きをあずかり、ありがとうございます」

チャングムは医女のいでたちで両手をくみ、深く頭を下げ王子様にお礼を申し上げますと、王子様はチャングムの顔を見られてびっくりされました。

「チャングムさん、貴女はまるで今下界でチャングムを演じられている、イ・ヨンエさんにそっくりではありませんか」

「ハイ、王子様、私も王子様と同じように下界で放映されているドラマにすっかり魅せられまして、イ・ヨンエさんと同じ容姿で参上致しました」

「ああ、そうであったか。それは予にとっても真実に喜ばしいことである。最後まで、ハラハラドキドキするようなドラマであったが、実際にあのようなことがあったのですか」

「ハイ、王子様、細かい所は違いますが、大体そのような筋書でございました」

「天帝に感謝申し上げたい気持ちでいっぱいです」

と王子様はおっしゃられ、そして続けてチャングムにお尋ねになられました。

「チャングムさん、今下界では皇室典範が改正されるように聞いていますが、分かりやすくいえば天皇様に男子がおられず、女子だけの場合でも、女系天皇として万世一系の皇室を継承できるという改正案が出されるということで、下界では賛成、反対といろいろもめておりますが、何かよい妙案はありませんかね」

「ハイ、王子様、私は隣国とはいえ、倭国のことは過去も現在も大変興味を持っております。私自身、王室に仕え、いろいろ代々の王様の即位の礼を拝見致しておりますと、男系の天皇様が今までは代々即位なされておられ、女系の天皇も確かにおられましたが、男系の天皇が御幼少なので、その短い期間の代理と申しましょうか、御成人になられたら女性は天皇の座をおゆずりになる、というような習わしではなかったでしょうか」

「驚きましたね、よくご存知で」

「朝鮮王朝でも、そのような手順で男系の王様が代々王位を継承なされたと思います。ただ、そこに問題もございます。私が医女の頃お慕い申し上げ尊敬しておりました中宗王様のことを申し上げますと、皇后様には御子が恵まれず、七名の側室である女官がおられまして、その中のお一人の方が男子をもうけられました。結局、そのお子が王位をつがれまして、男系の王様の御誕生ということになりますが、日本でも同じようなことがあると思われます」

「なるほど、そのようなことの起こらないためには、徳川幕府の大奥のシステムや、宇多天皇時代には三十名の御子がおられたと申されるように、女御として宮中に召された女性たちに次から次へと子どもを産ませることで、男系のお世継ぎには困らなかったのであったな。ちょうど、あの頃は藤原氏の勢力が日々隆盛になり、藤原の道長は次のような歌をうたって、わが世の春を謳歌したものだ。

この世をば
　わが世とぞ思う望月の
かけたることの
　なしと思えば

しかし、今はなかなか側室制度でお世継ぎをもうけることも難しく、ますます女系天皇が頻繁に誕生するようになるかもしれぬな」

と、チャングムの言ったことに感心しながら王子様はそうおっしゃいました。

「はい、王子様、そのようなことでありますれば皇室も安泰でございますが、少々心配なこともございます。男系で万世一系の血統を保持しようとすれば、当然、遺伝学上劣性遺伝が多発する要素として、血が濃ければ濃いほど遺伝子の劣性化が進みます。そのようなことがないようにするには、たえず新しく優性の血統の補充が必要であり、現在《いま》の皇后様や皇太子妃のように外からの新しい優秀な遺伝子が必要でございます」

「うん、女系天皇も男系の天皇と比べて、良いところもあり、皇室典範改定もうなずけますな」

とおっしゃいました。

「ところでチャングムさん、今から四百年も前によく中宗王様の非常に危険でもある腸閉塞の治療を申し出られましたね。その時のお気持ちはどうでしたか」

と王子様が尋ねられますと、

「ハイ、王子様、私は王様の御病気をおなおしするのに、自分の命を投げ出しておりましたので決してこわくはありませんでしたが、手術はとても難しいものと思われます。でも、私は私なりにいろいろの実験を手がけ、最初は妊娠した兎が子どもが生まれずとても苦しんでいるのを見て、早速、腹部をさいて子どもたちを取り出し、何とか母子ともに無事でありました。また、人間の出産にも立ち合いまして、早期破水等で赤ちゃんがなかなか出てこない場合、同じように下腹部を切開して赤ちゃんを無事取り上げるような手術をしておりましたので、確信は持てませんが、万が一にもお助けできるのではないかと思っておりました」

と答えました。

「いや、チャングムさんの技術は本当に信じられないほど、研究に研究を重ねて、積み上げた実績ですね。是非、王様にもやってあげたかったですね。ところで最後にもう一つ、医女の立場としての現在の皇太子妃様の心理的な障害による身体の不具合を、どのようにみて、どのような対処の仕方があるものでしょうかね」

チャングムは一瞬天を仰いで、

「王子様、これは大変難しい問題でございます。下界の西洋医学も日進月歩で目覚ましい進歩をとげておりますので、むしろ精神内科の神の手を持ったお医者におまかせしたほうがよいのではないかと存じますが……。

ただ、私の専門と致します東洋医学の見地から申しますと、医食同源思想に基づいて、食物による保養は医者の基本的な仕事でありました。もちろん、それにはいろいろの漢方薬も含まれておりますが、薬だけではなかなか回復致しません。触診はしておりませんので、どの経路が弱いのかは分かりませんが、お姿を拝察致しますと、身体的には陰陽五行説に基づくところ陽の実でございますので、なんら問題はないと思います。ただ、心因的に申し上げれば、心因性閉塞症ではないかと思われ、分かりやすくいえば、ストレスと、副交感神経の高ぶりが原因と思われますので、それを解決することが望ましいのではないかと思われます。

御所におられても、女官をはじめ、付き人たちに見守られ、外に出れば衆人監視の中におかれ、心の安らかになる時がありません。しかも、頭のずばぬけて秀れた人々がこのような状態に陥りやすいのでございます。病状を改善するお薬としては、心安らかにするハーブティーとか、いろいろな漢方薬の処方がございますので、自分に一番適した漢方薬の煎じ薬をお召し上がりになるのが最上と思われます。一番病状を改善する方法は、プライベートな海外旅行にいくことではないでしょうか。あくまでもプライベートが必須条件です。

なつかしい母校、ハーバード大学を訪ね、先生方や旧友と歓談なされたり、幼き頃お過ごしになられたモスクワを訪ねて、旧友とロシア語で話されたり、外務省に入省後、英国のケンブリッジ大学で過ごされた頃の方々とお会いになったり、とにかく、そのようにして外国語で話し合える環境で、他人の目を気にすることもなく、少しの緊張感と頭脳を活性化させてくれる自由な生活が、心因性閉塞症を完治させ、本来の妃殿下の素晴らしさが現れて、おだやかな状況にお戻りになる日が来るものと信じます」

「いやいや、いろいろ難しいことを尋ねたりしてチャングムさんもさぞ困ったことでしょう。でも、本当によいお話をたくさんしていただいてありがとう。きっと、私の思いは下界にも通じましょう」

「さてさて、堅い話はこれくらいにして、お香の食事をとりながら、秀吉、一豊、ねね、千代を加えて楽しく語りましょうぞ」

と、王子様は真実に満足げに満面に笑みを浮かべてチャングムを食堂のほうへ自分から案内しました。食堂にはねねと千代が手塩にかけて作り上げたお香《こう》食事の何ともいえないおいしそうな香りが食堂いっぱいに広がっていました。

キラ星の王子様——

臓器提供

「ところで、最近見たテレビで、けっこう幼子の白血病も多くて、相当数の患者が腰椎にある造血細胞の提供を得るように待機しているといわれているが、秀はどのように思うかの」

と、王子様が秀に尋ねられました。

「はい、確かに大変なことでございます。テレビで拝見したところによりますと、あらかじめボランティアとして登録するそうです。現在、二十三万人の人が登録していると いわれていますが、一応三十万人の人が登録してくれれば、何とか幼い命を助けることができるそうです。しかし、ボランティアとして七万人を確保するのは、容易なことではありません」

と、秀吉は難しい顔をして答えます。

「確かにそうであろうの。幼子がやっと提供者があらわれたと母子とも喜んでいたのに、移植手術が始まろうという二、三日前に、提供者の体調不良でそれも不可能になり、その子は間もなく天に召された」

「誠にさようでございます。残念ですが、他に手段もなく、あたら若い命が召されますことは、少し下界の者たちも考えねばなりませんね」

と秀吉が言いました。

「うん、私も時々よい考えが浮かぶのであるが、天界のことはすべて下界には通じないのでの。でも、一つよい考えがある。秀吉、私の意見を聞いてくれ」

目を輝かせながら王子様は続けます。

「現在の下界には十八万人の自衛隊員がいる。その他、元気で健康な若者がいる場所は、海上保安庁や消防署、警察などではないか。これらの諸官庁につとめている若者に、すべて採用時、そのようなボランティア活動を義務づける誓書を提出させて、白血病に対する脊髄液の提供や緊急時の輸血の対応等をやってもらうという方法、これはよいではないか」

「王子様の賢明な考え、感銘つかまつりました」

秀吉は、王子様の手をしっかりと握り喜びました。

「いやいや、私の頭の中には今の下界の様子を眺めていると、いろいろのアイデアが次から次からへと浮かんでくる。この思いが下界に届かないのが無念じゃ。例えば、これに関連するが、生体移植等も下界の人々の真実の心を察知して啓蒙すれば、必ず下界の人たちもそのことをよく理解してくれて、喜んで臓器を提供してくれるだろう。そもそも下界における人間そのものは、あくまで生物として活躍している。したがって、生まれて死ぬことは、人間に生まれた以上、避けては通れない道じゃ。しかし、死に際して人間の小さな霊気は昇天していく。あと、そこに残されたものは、死体という物体でしかない。仮に生前に自分の臓器を提供するということを遺言として書いておけば、人体の大切な臓器として言葉にもなっておる肝腎要の腎臓や肝臓、心臓等、待機している人々に与えることにより、多くの人々の生命が救われる。

しかし、一番困ることは、古来、日本人は死体を単なる物体とは考えない。そして魂が存在すると信じている。それ故、死体から臓器を取り出すことに対して、死体を傷つけるとして強く反対する。

白人等の外国の人は、宗教上の差はあっても必ず魂は天国にいき、やがて最後の審判を経る。魂が死体にあるとは信じない。息を引きとった時に霊気が昇天することを理解するようになれば、必ず臓器提供者も多くなろう。しかし、特に日本人に対して留意しなければならないことがある。それは、提供してくれる御遺族に対して、提供を受ける側の礼儀として、御供養料を感謝の気持ちとして差し上げることである。さすれば、何も外国まで行って、大勢の人たちの寄付などで、億単位の金を使って移植手術をやることもない。

また、そのような心優しい人々に対しては大御神様も決して見逃してはいない。喜んで天国へ迎え入れてくださるであろう」

と日頃思っていたことを口にして、心も軽くなったような御様子で王子様は言いました。

「いやいや、これは本当に驚いた御提言でございます。是非とも、下界の人々にも通じてくれますればよいのですが……」

そう言った秀吉は、喜びと悲しみの交ざった複雑な顔をしていました。

キラ星の王子様――

下天の世

一方、砂山御用邸では、朝まで誰も王子様が昇天されたことが分からず、朝食の時になっても起きて来られないので、妻の園子様が様子を見に行かれたところ、そこではじめてお布団の上で冷たくなっておられる王子様を発見されました。それからは、朝食どころではなく、邸内にいた人たち全員が、てんやわんやの大騒ぎになったのです。

しかし、かねてよりこのようなこともあるべしと思われていた紫の内侍は、冷静沈着にてきぱきと指示を与えられて、騒ぎを静め、外部には絶対もれないように行動を起こしました。

日露戦争後は世の中も江戸時代とはすっかり変わり、あらゆる分野に欧米の文化を取り入れるべく、脱亜入欧の気分も高まり、教育にも経済にもあらゆる分野で目覚ましい発展をとげました。

柳原愛子様（権典侍）が、側室として明治十二年八月三十一日に御出産、明宮嘉仁親王と命名、のちの大正天皇をもうけられ、柳原二位の局として宮中でお過ごしになっておられました。王子様は、本当は第二子として当然親王殿下になるべきところ、すでに男子出産にてお世継ぎも出来たので、聡明で利発な紫の内侍は天子様にお願い申し上げて、二年遅く誕生された王子様の立場を、宮様ではなく民間人としてお育てになるようにお願い申し上げ、お許しを得ておられました。

紫の内侍は、柳原二位の局と同じように宮中では扱われ、皇后付きの女官長として御部屋も八室賜わり、赤絨毯《じゅうたん》を敷きつめた廊下を通っていくと、そこは天皇、皇后様のお部屋に通じていました。明治から大正初期にかけての宮中でのお言葉は、少し独特なものがあり、うどんは「おするする」、魚は「おまな」、ごはんは「おばん」、豆腐は「おかべ」、おはぎは「やわやわ」、トイレは「よそよそ」と言っていました。

また、朝起床して洗面するとき、漆の容器が三つ揃えられ、手を洗うのに一つ、口をすすぐのに一つ、洗面に一つ、と、お仕えする方々が丁寧にお世話していました。部屋付きの女官は「総称」「家来」と呼ばれ、紫の内侍は皇后様に信頼されて日々の務めを果たされていました。

その矢先に、砂山御用邸の事件が起きたのです。その時、王子様はすでに園子様という妻をめとり、第一子、第二子とも女のお子様であり、まだ三歳と一歳のあどけない幼な子であらせられました。

事件後、園子様はお二人のお子様と別れて、第二の人生を歩まれることになりました。長女は、宮中においでの祖母、紫の内侍のもとに、二女は他家に養女として入り、それぞれの道を歩まれることになったのです。紫の内侍のお手元で育てられていた長女のほうは、将来は民間人として結婚されても不自由のないようにしっかりとしつけをなされました。

大正天皇は明治時代に四人の男子をもうけられ、明治三十三年四月二十九日に御誕生になられたお方が裕仁親王で、のちに昭和天皇となられるのです。

長女は、宮中において内親王の待遇で過ごされ、御所では年齢の近い三笠宮殿下と魚釣りのお遊びをされたとか、昔々の物語を今でも鮮明にお話しされています。小学生の頃は毎週皇后様（貞明皇后）のもとへ伺い、種々のお話を伺い、また学校での様子などを尋ねられ、最後に「富士の山」を歌いましたが、皇后様はとても優しく彼女に接してくださったとのことです。そして、お正月の一日には十二単衣をまとって、天皇、皇后に御挨拶、また二日にはローブデコルテの洋装でお集まりの皆々様と親しく御挨拶をなさっておいでだったとか。そして、十九歳のとき、素晴らしい男性と御結婚され、皇室を離れ民間人としての自由な生活を送られることになったのです。

三代の皇后様にお仕えした紫の内侍は、昭和四年、豊多摩郡大久保村(現新宿区)にお屋敷を賜わり、余生を心静かにお過ごしなされました。しかし、心に残るわだかまりとして、砂山の事件は一体何であったのでしょう。未だ明治期には、あらゆる分野、特に政治、軍隊の分野では薩摩、長州の影響が残っていたのです。

〝勝てば官軍、敗ければ賊軍〟の風潮は厳しいものでした。特に会津藩は、維新後苦汁の連続であり、長年京都守護職の重責を果たしてきた松平容守も賊軍の汚名を着せられ、会津城は落城、前途ある若者たちもはるか天守閣をのぞみながら割腹という悲壮な出来事があり、今に至るも会津の人の胸のうちには、薩長に対してのわだかまりがあります。

そのように、行政、軍政において勝手放題にやったことに対して、聡明な天皇が出現して、天皇御親政の世が来たならば、薩長の影響力が少なくなると憂いた一部の人間たちが行動を起こすのではないか、そのため薩長側は、もしもということを考えて行動に走ったのではないか、と、紫の内侍は思っていたのです。しかし、百年近くの歳月はそれらのすべてを暗黒の世界におしやり、誰もそのことは知りえません。

天国に召された王子様は、秀吉と一豊を従がえ、充実した日々を過ごされています。そして、じっと二人のお子様の行末を見守っておられます。才能豊かなお二人は、今や九十歳をはるかに超えられ、苦難の人生を乗り切られて、心豊かな日々を過ごされているのです。

キラ星の王子様――

時鳥

王子様はふと考えました。

『秀もねねも一も千代も予のためによう尽くしおる。世が世であれば豊臣秀吉はまぎれもなき天下人。一豊も一国一城の主である』

天国はまったく変わった世界だから、大神様のお手配とはいえ、王子様にお仕え申し上げることは、本人たちにとってはとてもありがたく幸いであったでしょう。しかし、王子様は彼らがびっくりしたり喜んだりすることがないものかといろいろと考えたのです。そして、ふと頭にひらめいたのが、彼らの主人であった信長に会わせてやることでした。

しかし、天国は入るのは優しいが、その人々の霊気は厳重にチェックされるので、果たして信長が天国に入ることができたかどうか非常に難しいことなのです。

戦国の世とはいえ、大勢の人々を殺した張本人です。王子様はひそかにお使い人をつかわし、果たして信長が天国におるか否かを調べさせました。過去帳室で調べてもらったところ、天下統一により人々が皆平和で暮らせるように努力した実績が認められ、天国に入ることを大神様に許されていたということでした。そこで王子様は内緒で信長に使者を送って、王子様の御殿に招待する日を決めたのです。これはあくまでも秀や一には内緒にしていました。

前の日、王子様より明日はとても大切な客人が来られるので粗相のないように、丁重にもてなすようにとの王子様の要望もあり、また、ねねも千代もその席に同席するようにとのお達しでした。秀も一も、王子様がおっしゃったねねも千代も同席するとのことで、内心ピンとくるものがあったようですが、明日にならなければ分かりません。一応、服装は紋付き袴に威儀を正し、ねねも千代も、殿のお内儀というスタイルでお待ち申し上げました。

天空高く天駆ける馬車に乗って客人はやって来ました。御殿の玄関先に馬車がピタリと止まると、供の者が大きな声で「緒田信長様、お成り」と叫びました。

王子様は秀、一、ねね、千代とともに玄関で出迎えます。

「ようこそ信長殿、秀、一、ねね、千代共に今日の日を喜んでおるぞ、さあ、お上がりくだされ」

王子様は客間のほうに御案内されました。秀、一、ねね、千代は玄関で平伏して信長様を迎えました。

一同が客間に落ち着くと王子様は上機嫌です。

「信長殿、実は秀吉、一豊、ねね、千代たちは大御神様のお手配で、予と一緒に暮らすことになり、とても一生懸命つくしてくれたので、一つ、その御褒美として突然貴殿に会わせてあげようと思うたのじゃ」

信長もまたうれしそうに、

「そうでございましたか、私もびっくりするやらうれしいやらの心地です。まあ、秀吉も一豊もねねも千代も同じ心であろうな」

と、ニコニコ笑いながら秀吉たちに話しかけました。

彼らは頭を低くたれて、

「まったく王子様のおはからいとはいえ、本日は誠に懐かしく喜ばしい日でございます」

と涙を流さんばかりの感激にひたる一時でした。

王子様も、

「天国というところは、元来、上下のへだたりもなくお互い、皆々が平和に暮らしておられる所じゃ。今日は無礼講で上下ぬきで遠慮することなく話し合おうよ」

とおっしゃいました。座は一段と華やかに賑やかになりました。

桶狭間（田楽狭間）の合戦で信長は家来にこう命じています。

「皆の者、聞いてのとおりでや、これより田楽狭間を目指すだきゃ」

これは古い尾張弁であり、上町《ウワマチ》言葉として今でも名古屋弁にはこの伝統が息づいています。上町はかつての名古屋城下で、武士も多く住んでいた地域です。時々興が乗ると信長様は、『してちょ、してちょ』という尾張弁が出ます。

「わしは下天に在る時は他の者からみると、非常に短気であり、また奇人変人であったみたいだ。下天にはわしと秀吉、家康を風刺したざれ歌が残っている。

信長　鳴かぬなら、殺してしまへ　時鳥《ほととぎす》
秀吉　鳴かぬなら鳴かしてみよう　時鳥
家康　鳴かぬなら鳴くまで待とう　時鳥

ではあるが、天国の生活でわしの性格も百八十度変わり、今の心境は、
　鳴かぬなら死ぬまで待とう時鳥
であり、物事を見るのもゆっくりと優しく、無償の愛で皆に接することができ、常に心はおだやかである。わしの天下平定の絶頂の頃、天子様に御目文字《おめもじ》すべく、数百の兵を率いて京に上るべく、一夜を本能寺に泊まったが、皆が知ってのように『敵は本能寺にあり』と迫ってきた明智の軍勢を前にして、怒髪《どはつ》天をつくような怒りで『下郎めが、推参でや、素っ首は

ねてやらぁず』と叫んで天に召されたが、今ではとてもそのような怒りの心境にはなれない。信長もすっかり人が変わってしまうたでや」

皆も手をたたいてその心境を賞めたたえ、王子様は、

「信長殿は天下人にはなれなんだが、立派な天上人になられてよかった」

と大喜びされました。

皆は秀吉のその後の活躍、天下統一の偉業を成し遂げ、果ては朝鮮、明へと手をのばしたが、これは、民の疲弊《ひへい》を招き、しかし、スケールの大きさや、一豊の運命を良きほうに導いてくれた千代の話や、鳴くまで待とう時鳥と、ゆっくりと天下平定、徳川幕府の話など、話はつきなかったのですが、王子様のお得意分野の下天の今の話に話題は移りました。

王子様は明治以降の下天の様子について、信長、秀吉、一豊等のお話を興味深くお聞きになりました。

信長は続けます。

「大和人が自らの知恵と努力で大和文化を残し、また中国の影響も大きく、その良いところを取り入れて、知的文化を不動のものとしていったことは、誠に優れた民族であったと思います。特に目覚ましい進歩を遂げた時代は、王子様が下天に居られた頃の明治時代であったと思われます。脱亜入欧をモットーにした大改革が次から次へと行われ、元来、士農工商といわれた時代の武士社会から、陸軍はドイツの兵制を学び、海軍は英国のジェントルマンシップを色濃く残す、ネービー・スピリットを学び、日清戦争や日露戦争のような、外国との戦争にも勝利をおさめるようになったが、アジア全体をみるとまったく惨憺たる有り様で、中国は英国、ドイツ、ロシア、ポルトガル等の国々に食い荒らされ、ベトナム、カンボジア、ラオスは仏領インドシナ、インド、パキスタン、バングラデシュ、スリランカ、ビルマ（ミャンマー）、マレーシアは英国の植民地、インドネシアはオランダ、南洋諸島はドイツの委任統治下に、オーストラリア、ニュージーランドは英国領であり、フィリピンはアメリカ領であり、わずかに主権を持った国はタイ王国しかなかったのが、当時の状況でした。

当時、一番全世界に多大な影響を与えたのは、日本が日露戦争に勝利をおさめたことであり、わしにとって苦々しいことは、第二次世界大戦で多大な犠牲を払った上、敗けたことですね。そして戦前の日本のすべて良いところ、家族制度をはじめ教育、徳育などすべて消失してしまい、残されたものは民主主義と自由主義であったが、肝心要のところが抜けていたので、今日のような下天はやり場のないような悪がはびこっています。自由にも守るべき義務がある。人々に対していかに自由とはいえ、人様の顔にツバをかけるような行為は許されない。しかし、形は異なってもこのような行為が堂々と行われていることにより、親が子を殺し、子が親を殺すような恐ろしい世の中になってしまった。実に嘆かわしいことです。

でも、たった一つ良いところは、日露戦争において、東洋の小国がロシアという大国に勝利したことにより、苦しんでいた植民地の人々を勇気づけ、独立の希望を与えたこと、一応、アジア解放の為に第二次世界大戦を引き起こした日本が、戦後欧米各国が植民地解放を行わざるをえなかったことは、日本の影響力が多大であったと思われますね」

「いや、まったく信長殿のおっしゃるように、歴史には残らないにしろ、日本が植民地解放の礎となったことは間違いない。誠に立派な信長殿に、ふさわしいお言葉でありましたな」

話を聞いていた皆も、もちろん手を叩き、

「さすが信長様は、世の中をごらんになるスケールが広くて大きい」

と喜びました。

次に秀吉に向かって、

「秀も何か今の下天の件について申すことはないか」

とお尋ねになり、秀吉は自分なりの思いを述べました。

「私は一つ、地球温暖化のことについていろいろ申し述べてみましょう。下天のテレビや情報によると、北極の氷が解け出したり南洋の島々が水浸《びた》しになったりして、事の重大さがひしひしと迫ってくるのが身をもって感じられるようになりました。私は、現在の科学者たちが一日も早く無公害の燃料を開発してもらいたいと願っております。確かに原子力発電は有用であると認められますが、平和利用でなく、軍事利用に虎視眈眈《こしたんたん》としているヤカラが存在する以上、手ばなしで喜ぶことはできません。私はあえて提言したいのですが、太陽は半永久的に莫大なエネルギーを発散している。このエネルギーは果たして何なのかを解明できたら、そしてそれが実現可能であれば、問題は解決します。また、ついでにやはり、地球の中心部にはマグマというエネルギーが存在している。これもそのエネルギーの正体を確かめれば、解決の糸口になるかもしれません。

今、私が一番心配しているのは、地球上に砂漠化現象があり、特にアフリカの砂漠は年々増え続けているといわれていることです。アフリカを緑の大陸にすることは、あながち夢ではありません。先進国の技術をもってすれば実現可能なことではないかと考えます。まず巨大な太陽光発電施設を建築して、内部の工場は海水から真水と塩を作る。そして真水は人々の生活用水として使用する。余った電力はアフリカ大陸にも川や湖はあるので、川や湖水の近くに水を汲み上げる施設を作り、揚水された水は砂漠に流す。しかし、ただ流してはいくら水があっても砂漠を緑化することはできない。ブルドーザーで砂漠の砂をある程度掘り、そこへ厚手のビニールを敷きつめて、再び砂で覆って水を張れば水は砂漠に吸いこまれることなく表面に残留する。その場所に木や食物になる種をまくことにより、緑化はできる。太陽発電だけでなく、巨大な風力発電も同じような効果があり、これにより緑のアフリカ大陸と変化して、人々の生活も楽になり、平和の世界が戻ってくるのではないかと私は確信しております」

また、皆が感動の拍手をうち、王子様も、

「さすがに秀じゃ、その発想には予も感動した。是非是非下天の者たちも努力して再び美しい地球を再生してもらいたいものじゃ」

とおっしゃられ
「こうなれば一じゃの、何か一つ良いことを話してくれ」

と一豊のほうを向いて指示されました。

「はい、かしこまりました。信長様や秀吉様が立派なことを申されましたので、私めには何一つ申し上げることはありませんが、ただ一つだけ、下天のことが気になりますので申し上げます。二〇〇一年九月十一日、ニューヨークにて、イスラム過激派によるテロが行われ、それが契機でイラク戦争が勃発、米国は優勢な軍事力に依り、一気にフセイン政権を倒したまではよかったのですが、それから五年、イスラム教徒のテロは続発して、なかなかうまく彼らを制圧することができず、米国内においても厭戦気分が日毎に高まりつつおります。私は、これはイスラム教徒の自覚の問題と思われます。

私たちが下天で過ごしている間、信仰はほとんど仏教でした。しかし仏教も元は、お釈迦様の教え一つでありましたが、各宗派の僧の解釈の仕方によってそれぞれ一派をなし、多数の宗派となり現在に至っておりますが、ここで特に強調致したいことは、宗派が別としてもその間に深刻な武力を使用するような争いは一つもなく、下天では今日も何事もなく過ごしております。

シーア派とか、スンニ派とかで相互に憎しみ合い、武力を行使して罪もなき子どもや女子をテロによる行為によって犠牲にするような行為は、一日も早くやめるよう、目覚めることです。

また、パレスチナとイスラエルのような、異教徒同士でも絶対にテロ行為をやらないことにより、必ず平和が訪れると私は確信しておりますが、下天の世界に今生きている人々が、テロは愚かな行為であり、ほめたたえるようなものではないことを悟るべきであると、心より思っております」

王子様も深くうなずき、

「現時点では解決すべき最重要問題と思われる。この問題を良識をもって解決することにより、必ず世界平和は訪れようぞ。よくぞ申した。一豊、天晴れである」

さて、いよいよ女性の出番がやってきました。

「ねね、何か女性らしい優しいお話をしてくだされ」

と王子様はおっしゃいました。

「皆様からとっても立派な、感銘するお話を伺い、私の申し上げるようなお話はございませんが、昨今、下天の様子をみますと、どうも中国や韓国との折り合いも悪く、北朝鮮の問題もはかばかしくございません。天国の世界では下天の歴史等、公平な立場から情報を得ることが可能ですので、中国や韓国等では、日本人そのものを悪人のような目で見ておりますが、私は日本人こそ限りなく大御神様のお考えなされている人間に近い人々が集まっている国であると信じております。日本人は〝わびさび〟の道徳観を養い、徳川時代には一応平和的な幕藩体制を樹立致しました。

明治の時代には、開国をして世界の各国と外交関係を樹立して、脱亜入欧の心構えで、西洋文明を取り入れ、富国強兵の道を進んでまいりました。しかし外国との戦争もあり、明治二十七年、清国は強硬派の意見が通り、韓国にいる日本兵追放の為に大軍を進め軍艦も出動させました。八月一日、日本は清国に宣戦布告、本格的な戦争に突入して、清国軍と戦ったが、連戦連勝し、特に黄海の海戦では大勝利をおさめ、講和条約の結果清国は台湾を割譲しました。

台湾はその時より日本の植民地となりましたが、日本人は台湾の人々が豊かな生活ができるように一生懸命努力しました。教育もまったく日本内地と同様にし、台湾全土に学校を建て、教員も派遣し、台北には帝国大学まで創設して、現在でも学長室があり初代からの学長の写真が、飾られているとのことです。台湾の人々の為にダムをつくり、亡くなった方の神社もあり、人々は今でも大切に守っているそうです。

台湾の人々は大多数の方は、日本の領土であったことについては感謝していると思われます。現在でも七十五歳を過ぎた人たちは、流ちょうな日本語を話すことができるそうです。台湾の総統をなさった李登輝《りとうき》さんも、予備学生出身の陸軍中尉で昭和二十年八月十五日（終戦の日）には千葉の高射砲連隊におられたそうですが、その日、『俺は日本人だ』と大声で叫んだといわれております。この一声が、台湾の人々の日本に対する心を表わしているものと思われます。

しかし、中国は根深い反日感情もあり、中国には冷静にみますと、戦前・戦後、一生懸命つくしてきたことも多々あり、その事実は歴史の奥に埋没されてしまっております。また南京大虐殺については、白髪三千丈式に宣伝されておりますが、日本人も中国人も通州大虐殺事件のことは何も報道されず、現在の日本の若者は何も知りません。罪もない通州在留の日本人が多数虐殺されたのです。

韓国でもそうです。現在日本では韓流ブームがわき起こり、ヨン様やチャングムに夢中になった人々も多く、またキムチをはじめ、韓国料理が大人気です。日本人は韓国人に対して違和感を抱かず、むしろ親韓ブームで、あったかい目で見ております。ただ一つ、重大なポイントとして韓国人に言いたいことは、ロシアがすでに中国の東北部（旧満州国）を支配下に収め、次は朝鮮半島を狙っており、日本は出兵してそれに備え、李王朝とも話し合いの上で日本の支配化に置かれたことです。

私が一番涙そうそうになるのは、沖縄の人たちです。沖縄は中国と日本のはざまに置かれ、絶えず圧制下に苦しまれ、己《おのれ》を守る武器も取り上げられ、一人ひとりに対して人頭税を課せられて、極貧の生活を永年送り、第二次世界大戦では米国の上陸により、多大の損害をこうむりました。戦後は、アメリカの意向により沖縄の尚一族より王を選んで、沖縄を独立国にする予定であったと思われていました。したがって日本人も沖縄に自由に行くことができず、一人ひとりビザが必要の時代が続きました。

しかし当時の首相、佐藤栄作は『沖縄の返還なくして日本の戦後は終わらない』と宣言し、沖縄の本土復帰を果たしましたが、本来は日本人でなかった彼らが、独立を望まず本土復帰を目指していたことに対して、本土の人たちは、申し訳なかったという心と、沖縄の人々もわれわれの一員だとの認識も高まり、沖縄健児が復帰後、初めての甲子園球場に姿を現わした時のあの球場いっぱいに広がる万雷の拍手、歓声《かんせい》は私にとっては真の涙そうそうでうれしゅうございました。このように、台湾の人々や沖縄の人々のような心をもって、中国人も韓国人も相互の良いところを認め合い、悪いところも納得して平和なよい関係を永遠に保ち続けることが、ねねの天上人としての願いでございます」

このねねの中国、韓国、台湾、沖縄に対する認識と日本人の元来持っている優しい心根を吐露することにより、平和を願う心は王子様をも深く感激させたのです。

「ねね、よくぞ申した。天晴じゃ」

あとは涙そうそうとして、しばし沈黙の時が流れました。

「王子様、今度は私の番でございますが、浅学不肖の女子でございますので、皆様のお言葉に感銘は致しますが、頭はそこまで回りませんので、ちょっとだけ日常茶飯事を申し上げますする」

「千代、遠慮致すな、何でもよい。千代の思っていることを話してみよ」

王子様は申されました。

「では申し上げます。私は少子高齢化に対する私の感じたことを申し上げます。下天の人たちは、一応大変なことだとは思っておりますが、現実は毎日の生活に追われて、あまり深刻には考えていないようです。実際、団塊の世代といわれる人々が七十代になりますと、街はゴーストタウンとなり、子どもの笑い声や泣き声を聞くこともないような街になってしまいます。日本という国も存続していくことが難しいのではないかと思われます。もちろん、老人の生活自体もきびしく、生活していくことも困難になり昔話にありましたような姥捨山ではないが、子から見捨てられた捨老族が増えることと思われます。そんな日が来ませんように、真剣に対策をたてなければなりません。

信長様がおっしゃいましたように、戦後、民主主義と自由を勝ち得た者たちが、自由をはきちがえ、自由放縦な生活態度をとりつづけたことが、今日の少子化を招いたものと思われます。男子も女子も結婚はしたくない。子どもはいらない。一人で自由勝手な生活のほうが楽しいというような人たちが増え続けております。戦前は産めよ増やせよの時代で、各家庭平均六人程度の子どもがおり、なかには十人以上の家庭も数多くみられました。確かに当時とは生活レベルが違いますが、家族が多くなる程、生活は苦しいことになります。ただ、姉が弟や妹の面倒をみる、母の手伝いをするというような生活で、自然と生活に対するハングリー精神が芽生え、困苦欠乏にも、じっと耐えて生きぬく根性はありました。

現在では一人か二人の子どもを甘やかし、逆にそのような子どもたちから親殺し、また親も親で、子殺しというような、戦前にはありえなかったような非情な現実が続いております。

私個人の意見としては、教育の現況は、はるかに戦前のほうが充実し、教員も正規の師範学校で児童心理学や教育心理学等、細部にわたり勉強し、附属小学校で実習教育を受けた先生によって占められ、一クラス五十人程の子どもの教育にたずさわったが、なんら問題を起こすこともなく六年間、子どもたちは元気に大きくなりました。

実社会にて働く子どもたちはさらに高等科二年の学習を経て、手に技術を覚える職人の修業や、工場の現場要員として一生懸命に働いた。

なお、若干の生徒は県下に十数校の中学校や女学校を受験し、中学生、女学生となり、当時としての高等教育を受けて、社会人となった。しかし、現在の中学のように義務教育ではなかったので、各村から一人〜二人くらいしか進学できなかった。中学校、女学校に入ると、組主任の他、教育の担当は専門の職員しかも優秀な人材による教育が四〜五年間みっちりと行われ、期末毎に試験が課せられ、成績の基準に達しない生徒は進級できず、やむを得ず退学をしていった。ちなみに、ある県下の田舎町ではあるが、三万石のもと城下町であったので、そこに県立の中学があった。教員は当時としては得がたい方々で、東大二名、京大一名、高等師範三名、物理学校（今の理科大）三名、東京外大一名、等、優秀な人材がそろい、現在の大学レベル位の教員の質は高かった。

その一例として、漢文は中学一年生より習いはじめ、中学四、五年になると中国の新聞を読めるようになり、時文という現在の中国語までマスターすることが可能であった。もちろん、英語はみっちり仕込まれていた。当時の中学五年生の能力は現在の大学生に勝るとも劣らないものであり、中学卒でも立派に社会の上層部に通用し、現在のようにのんべんだらりんと教育を受け、あまつさえ、大学の課程を終えても大学院があり、そこでいたずらに年をかさねているのとは随分異なっていた。

私が言いたいことは、昔は男も女も年若くして結婚し、子どももたくさん生み育てた片鱗《へんりん》が、現在ではどこにも見当たらないことでございます。この点、一考する余地があるのではないでしょうか。

そして、私が最後に申し上げたいことは、戦後の税制改革のことです。

アメリカはシャウプ勧告を発表致しました。日本政府はそれを実行し、未だにそれを行っております。当時、ある経済通は、この制度が実行されると、どんな資産家でも三代はもたないと指摘しておりました。

昔は、親の財産は長男が継ぎ、代々家を守り、墓を守り、他の弟や姉妹の面倒をみるのが世の習いで、余裕があれば弟たちに新家を建ててやったり、土地を分けて与えたりした。弟たちの中で努力して財をなした場合には、逆に、他の姉、兄、弟たちを援助したりして、一門の繁栄を願ったりしていました。

しかし現在は、親の資産は平等に与えるということになり、財産分与については骨肉の争いが絶えません。とても嘆かわしいことであると思います。

皇后美智子様の御実家も、父亡き後、芝区へ物納され、現在は美智子様にとって懐かしい建物も取りこわされ、お母様と庭の芝生の雑草をおとりになり、種々《いろいろ》の御話をなさった場所も小公園になっています。美智子様の胸中を察するに、せめて御元気であられる間、残してほしかったと思います」

と言って千代は静かに頭をたれました。

「千代、なかなかやるじゃないか、現在の下天の盲点をつく素晴らしい話であった。さすが皆の者、下天においては天晴な天下人であったが故に、皆を感動させる話ができたのじゃが、本日は予も大満足。皆の者ありがとう」

王子様は皆に向かって静かに頭を下げられ、皆も感激と胸いっぱいの満足感で、今日のパーティーは無事終了したのでした。

特別付録Q＆A

――天国とは（死後世界地図）――

先日新聞の広告欄に「死後世界地図」という本の広告があり、その中に、「死に関する素朴な疑問を解明」という項目がありました。ちなみに、この本は百年前の英国で大反響のベストセラーであったらしい。著者の名前はない。簡単な答で説明されておりました。

私としての考え方として、

①死は終わりじゃないの？

死は終わりの人もいればそうでない人もいる。殺人者、狂信的な邪教教祖および狂信的盲者たち、平気で犬や猫、その他の動物を虐待して残虐に殺す、自殺者、無神論者は銀河鉄道に乗せられて、宇宙の芥《ゴミ》処理施設、ブラックホールで消去される。

②死後の生活は、この世とまったく違うの？

まったく違います。死後の世界は重さ十〜二十グラムの精気の世界であり、バーチャル・リアリティー（仮想現実）の世界だということ。

③霊になってもおなかはすくの？

おなかはすきません。天国ではすべて香食ですので、においだけでおなかはいっぱいになります。

④霊になっても睡眠は必要？

必要です。ただ朝晩のリズムをとるために休息することは必要です。

⑤四十九日は霊にとってどんな意味あるの？

バーチャル・リアリティー（仮想現実）の世界ですから、姿型は下天の人々と変わりません。ただし、中味はわずか二十グラムの精気ですので、四十九日は天国で暮らすためのオリエンテーションの時間の終わりの日です。五十日目から愈々天国の生活が始まります。

⑥死んだ人と話す方法はあるの？

もちろん天国で会い話すことはできますが、種々の悪事、人間としてはいけない行動により、宇宙のごみ箱、ブラックホールで消去された霊とは、永遠に話すことはできません。

⑦〝生まれ変わり〟って本当にあるの？

もちろんあります。特に赤ん坊で亡くなった霊は無条件で復活します。下天で出産直前の赤ちゃんが出産して、初めての呼吸をした時に天国の安息所で休息した精気は、すばやく吸った息の中に入り復活するのです。

⑧死んだあとも地上の記憶は残るの？

下天の記憶はすべて残ります。天国でも大体若い人間として、天国の門をくぐった瞬間に人間の姿になります。しかし実際の重さはわずか十～二十グラムですので、そこが下天の人間と違います。

⑨霊界では先に死んだ人に会えるの？

ブラックホールで消去された精気を除いて、すべて天国の門を通った者たちは会うことができます。

⑩霊界にも学校はあるの？

学校はありません。ただ、天国の門を通り、天上人になった場合、四十九日間オリエンテーションの講習はあります。そこですべて天国の生活のノウハウを教わります。

⑪霊に行動の自由はあるの？

行動は自由です。身体は人間でも重さはほとんどありませんので、どこへでも自由に飛んでいけます。

⑫霊界での日時はどうなっているの？

下天と同じです。天上界も秩序ある生活は必要です。

⑬霊界の情報伝達方法は？

天上人は念ずることで、眼の前に伝達の装置が実現しますので、現在ではほとんどテレビと同じような機能の伝達装置がありますので、天上および下天の情報は、常時発信されております。

⑭「地獄行き」にあたる罪とは？

殺人者、狂信者な邪教の教祖ならびに信者、無神論者、自殺者、邪悪な人間（くわしくは天国へ昇る階段に述べてある）。

これらの精気はブラックホールですべて消去されます。

⑮霊界にも自分の家があるの？

霊界はバーチャル・リアリティーの世界ですので、念ずることにより目の前に、自分の家が実現します。

⑯地獄にも戦争はあるか？

戦争はありません。なぜかというと邪悪な人間の精気はすべてブラックホールで消去され、天上人はすべて平和を愛する、善良な者ばかりなので、戦争とか個人的な争いは一切ありません。

⑰物欲が強すぎると死後は苦労する？

人を苦しめて物欲を満たすような人間は消去される。物欲のため一生懸命汗を流した人間は、天国で平和にゆったりと過ごすことができる。

⑱天使は本当にいるの？

天上人は誰でも天使になることができます。

念ずることにより羽が生えて、自由に天を飛ぶことができますが、下天に表われることはありません。

⑲霊は同じ欲望を持つ地上人につく？

そんなことは絶対にありえません。下天の人は悪霊や守護霊がつくと信じやすいが、それはいかがわしい邪教の連中が言うことで、そんなことはありません。ただし、確かに下天人は神仏の気はいただくことはできます。

⑳先祖霊が人生に影響を与える？

ありません。質問⑲で述べたとおりです。しかし神仏の気は確かに人間に影響を与えます。

㉑自殺者の死後はどうなるの？

自殺者は己れの人生を否定することですからブラックホールで消去されます。ただし例外もあるので少数の精気は天国の門をくぐることはできます。

㉒いきすぎた快楽は霊の痛みになる？

なりません。天上界では男女の仲はあくまでもプラトニッククラブで肉体的な関係はありません。しかし、より素晴らしい快楽を天上人は与えられます。

㉓霊になっても親子はつながっているの？

ブラックホールで精気が消去されなければ、親子は再び共に生活することも可能です。

㉔供養することに意味はあるか？

大いにあります。大宇宙の神仏の御力により創造され活動していますから、神仏を敬い信仰心を持つことは天国の門をくぐる一番の近道です。しかしいくら信仰心があっても悪業を犯しては天国には行けません。

著者プロフィール

熊倉　悟（くまくら　さとる）

大正十三年（一九二四年）十二月二十一日生まれ

学歴　新潟県立村松中学校卒
　　　明治学院大中退
　　　善隣外事専門学校卒
　　　早稲田鍼灸専門学校卒
　　　定年後、鍼灸院開業。現在に至る

軍歴　旅順海軍予備学生教育隊
　　　震洋特別攻撃隊指揮官
　　　海軍少尉

キラ星の王子様

2007年 7 月25日　初版第 1 刷発行

著　　者　熊倉 悟
発 行 者　韮澤 潤一郎
発 行 所　株式会社 たま出版
〒160-0004　東京都新宿区四谷4－28－20
☎ 03-5369-3051（代表）
FAX 03-5369-3052
http://tamabook.com
振替　00130-5-94804

印 刷 所　東洋経済印刷株式会社

ISBN978-4-8127-0237-6 C0011